御我 / 著 九月紫 / 繪

徐喜開

【生平描述】

靈異怪奇現象研究社的社長，是個蒼白瘦高的男子，主導探索七大不可思議校園傳說，因此成為嫌疑最大的人。

「預測指數一覽表」

戰鬥指數：80

體質指數：90

輔助指數：60

生平最愛：師父

生平最恨：師父

又愛又恨：師父

專屬武器：界

【生平描述】

路揚的父親，職業是教廷的驅魔師，
擁有聖經形式的守護靈，
長年與老婆在國外四處接案子。

生平最愛：老婆兒子
生平最恨：任何想傷害家人的傢伙
又愛又恨：岳父
專屬武器：聖經

「預測指數一覽表」
戰鬥指數：70
體質指數：50
輔助指數：80

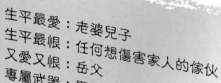

劉易士

生平最愛：管家
生平最根：黑咖啡
又愛又根：御書
專屬武器：自己
「預測指數一覽表」
戰鬥指數：60
體質指數：80
輔助指數：90
管庭
【生平描述】
御書創造出來的幻妖，金髮藍眼外型俊美，
喜歡穿著華麗的神父袍，嗜好是找管家的麻煩和他吵嘴。

GOBOOKS
& SITAK
GROUP©

GOBOOKS & SITAK GROUP©

三日月書版

三日月書版

以神之名
幻虛真系列
御我 著
下冊
作品集
FX01006
三日月書版

以神之名

幻虛真系列

《下卷》

楔子

劉易士回頭想衝下樓去校區救兒子，就算他拿火場也沒轍，但做父親的哪能明知兒子有危險，卻還在這邊悠哉地降妖除魔呢？

然而樓梯卻消失不見，樓梯間不知何時成了一汪水池，又黑又深的水冒著巨大的泡泡，看起來十分濃稠，不像一般清水。

「這怎麼回事？」

胡立燦倒是冷靜，被困住這種事也不是第一次了，最近的那次正是和路揚一起困在這裡的八樓，當時還有具屍體站著那裡不動呢！雖然後來證實那是姜子牙。

劉易士沉下臉，向來溫和的神色漸漸消失，就算心裡再焦急也沒有憤怒神色，這是個性使然，也是多年驅魔的經驗。情況越是糟糕，就越是必須保持冷靜，才能找出一線生機。

他撿起地上一塊小碎石，扔到黑水中，但石塊還飛在半空中，那水竟猛然竄起一公尺高，如蛇一般扭動，直接把石塊吞沒，這才重新落下，恢復成冒泡的水面。

「這是什麼東西啊？」

警察們哪裡見過這種事，全都慌了起來，也就一個胡立燦還冷靜些。方達雖也見識過，沒有失去分寸，但渾身也是顫抖不止。

這時，劉易士突然回頭一望，站在那裡的應死之人舉著手，比向樓上。

「要我上樓嗎？」

若是平時，劉易士不喜歡照著對方的指示去做，更不會像老婆和兒子那樣硬來，而是慢條斯理地找出對方的弱點加以擊破，這才是他一貫的做法，但兒子或許正陷在火場中的可能性讓他決定這次要換個方式。

「我要上八樓了。」

警察們瞪大眼，不敢置信地看著劉易士，然後眼睜睜看著對方喊完這句話以後，還真的走上樓。

「胡隊長，現在怎麼辦？」

眾警察紛紛看向胡立燦，但他哪裡知道該怎麼辦。以前找路揚來，對方只有一個要求，那就是能不過來就別來，如果一定要在場，那就當個沒存在感的透明人，只負責緊緊跟著，其他什麼事都不用做也不能做。

被自家手下緊盯，胡立燦只好硬著頭皮說：「快跟上去啊！還怎麼辦呢，難道你們想留在這裡跟那個傢伙作伴？」

他比向那個應死之人，所有人跟著看過去。那人站在原地，手仍舊比向樓上，一動也不動，初看不會發現不對勁，甚至會覺得對方就是個正常人，但只要定睛看一陣子，立刻感覺到頭皮發麻。那人舉著手，完全沒有動作，哪怕是些微晃動都沒有，像是影片被定了格。

眾人正看得冷汗涔涔，那人卻有了動靜，竟「笑」了，但這笑卻像有無形的手正拉著他的嘴角往上，除了嘴角，其他部位仍舊絲毫沒有動作，哪怕是臉部也一樣。

那抹笑越咧越開，漸漸拉到大笑的程度，但那張臉卻毫無笑意，目光呆滯。而這還沒結束，那嘴角還是繼續往外扯，感覺下一秒就真的會裂開……

「快上來！」

眾人狠狠嚇了一跳，這才發現劉易士站在階梯上喊他們。警察們忍不住回頭一看，那應死之人還是一動不動地站在原地，臉上哪有半點笑容。

胡立燦連忙帶隊跟上去，心裡更是信服路揚這個大學生說的話——緊緊跟著！媽的這不跟好跟滿，立刻就中招，接下來要果斷跟著人不放，眼睛堅決只看劉易士！

想是這麼想，但一上樓，眾人反射性就朝相同的位置看過去，卻沒有看見任何東西。

到了八樓，反倒什麼東西都沒有？眾人鬆了口氣，卻又覺得這樣不對，感覺更是不安了，看不見的危險讓人越是疑神疑鬼。

「是不是有一股味道？」方達用力吸了吸氣，卻反胃乾嘔了一口。這空氣太臭了，簡直就像是……腐屍？

一想出答案，他立刻嚇得面色發白。這時其他人似乎也聞到了，臉色一個賽一個的慘白。

劉易士回頭一望，發現又是那名年輕的警察，看來是有點資質，只是沒有那麼高，平時不會有問題，一遇上狀況，反應速度比旁人來得快一點，但在現下這種情況，這資質並不是什麼好事，反而還會增加敵人的優勢。

劉易士卻無意指責或指導，對於沒有經歷這種事的人來說，這群警察已經是超乎水準，多半是胡立燦先給他們做了一些心理準備。

指導更是沒有必要，這麼高等級的界，連道上人都會中招，一般人更不可能靠著短時間的指導就能擺脫界的幻覺，哪怕是擁有真實之眼的姜子牙在這裡，恐怕一時半刻都無法注意到異狀。

這名架界者的能耐未免太高，若真如自家兒子猜測，這是一場出師測驗的話……劉易士的心沉了沉，咬牙選擇讓兒子自求多福，他必須在這裡想辦法解決對手，若是真讓這種罔顧人命的傢伙出師，不知道要填多少人命才算完。

劉易士一步步走上前去，腐臭味越來越濃烈，這讓他心中警鈴響個不停。照理說，氣味是最不容易出現在界中的幻覺，甚至許多破界的關鍵就在於「無味」這點。

雖然知道這個缺陷，但極少有人會反過來把氣味當作架界的手段，因為太容易穿幫了，人對於氣味的敏銳度比眼睛更加來得直覺，反而不容易欺瞞，一個不好就會弄巧成拙。

然而這一次，劉易士卻感覺不出破綻。

一具女屍靠著牆，與之前的姿態一模一樣。

警察們倒是鬆了口氣，第一次這麼慶幸看見屍體，但有些眼尖的人立刻就發現這具屍體和之前那具一模一樣，心中立刻咯噔一聲，不祥的預感升了起來。

奈何這一秒還是預感，下一秒立刻就成真。女屍抽搐幾下，剛開始只是手指抽動，警察們還能安慰自己是眼花，但接下來，這抽動延伸到手臂，甚至是整具屍體都開始像癲癇發作一般瘋狂抽搐。

警察們看得臉皮也跟著抽動，一個個不自覺後退一步，縮進胡立燦的身後，手也忍不住搭在腰側的槍套上。雖然在來之前胡立燦再三警告，沒有他的命令絕對不准開槍，但真要到生死關頭，恐怕誰也顧不上命令這檔子事。

屍體的皮肉不斷顫抖，若不是血已乾涸，恐怕連血肉都會抖到噴濺出來。當眾人開始覺得這屍體說不定會這麼抖動到爆炸為止，忍不住步步後退，它卻倏地停止。從瘋狂抖動到寂靜，不過一眨眼，快得讓人開始懷疑剛才看見的景象不過是幻覺。

這時，劉易士突然回頭一看，臉色一凝，所有人立刻跟著轉頭一看，後方不知何時竟站著一整排人，穿著和臉孔都眼熟得不得了，不正是底下七個樓層站的流浪漢嗎？

所有人立刻驚叫一聲，這次往反方向後退，卻又不敢退到超過劉易士，那邊可是還有一具會抖動的女屍啊！

進不得退不了，胡立燦立刻看向劉易士，發現對方還是老神在在，沒有一丁點緊張的表情，雖然覺得有可能是強作鎮定，但他還是安心許多。以往跟路揚出來就沒有不能解決的案子，這次是路揚的父親出馬，沒道理解決不了吧？

「劉先生，現在到底是什麼狀況？」

胡立燦還是忍不住開口問了，縱使他比其他警察要有點經驗，但也沒有遇過這麼詭異的情況。要是這種案子次次都詭譎如現在的狀況，恐怕他再也不願碰這類的案件，一遇見就直接封箱結案。

相較於警察們的緊張，劉易士仍舊平穩，因為這是他最擅長的案件，只是想引出隱藏在背後的人，這才放任情況至此，但如今這狀況讓他有些遲疑是否真要繼續放任下去了。

現場有他和五名警察，這人數其實有些超標，界產生的幻覺看在不同人眼裡會有不同效果，人一多就難免產生牴觸之處，只要讓人有所懷疑，界就會開始動搖不穩固。

更何況，他們都是早有心理準備的人，胡立燦經歷不少這類案子，劉易士更是道上人，這會讓界更難以發揮作用。

劉易士一開始沒拒絕胡立燦帶來這麼多人，也是想試試這界的極限，但結果出乎他意料之外，這界竟發揮得超乎尋常，再加上兒子那邊遲遲沒傳來消息，恐怕也是困在界中。如此大型的界，就算是出師測驗，應該也是順帶的，不可能只是一場出師測驗而已。

劉易士在心中不斷推敲真相，卻聽見方達發出一聲驚呼。對方看著流浪漢們，眼睛睜得老大，所有人也忍不住跟著他一起盯著流浪漢看，一個個驚恐得全都朝著劉易士擠過去。

流浪漢一個接一個腐朽，先是變得蒼白，眼瞳如死魚眼，血管浮現體表，皮膚蒼白浮爛，腹部開始膨脹起來，讓人不由得想節節後退，以免那肚子爆開時被波及。

當第一具流浪漢腐朽成一具白骨時，劉易士似有所悟，回頭一望。女屍靠著牆，似乎沒有任何動靜，但是劉易士卻敏銳地發現不對勁，女屍的皮膚似乎沒有剛剛那般死灰。

背後又傳來重物崩壞落地的動靜，一聲接一聲。隨著屍體崩毀的聲音，女屍的變化越來越明顯，先是傷口復原，血液竟倒流回去，死魚灰的雙眼閉上……

當最後一具屍體腐朽至崩解後，到了這種時候，警察們也知道該看哪裡了，只是十分不願回頭看，深怕看見更恐怖的景象——雖然也沒有多少東西比眼睜睜看著一個大活人腐爛成一具屍體更恐怖了。

但是再恐怖也恐怖不過腦子的想像，警察們實在受不了這種「有什麼東西就在背後」的感覺，互相看了幾眼，帶著覺悟猛然回頭，然後鬆了口氣。

女屍如今已不像屍體，她靠在牆邊，頭低低垂著，就像是睡著或暈倒的女性，任誰看了也不會認為是一具屍體。

胡立燦一句「劉先生這怎麼回事」正要問出口，卻看見那女屍有了動靜，她顫抖地動了幾下，手摸著地板，像是在探索，隨後屈起膝蓋，嘗試著爬起來，但似乎不太能控制好手腳，動作非常古怪，像是一具機器人般生硬。

所有警察都拔出槍來，就連勒令不准開槍的胡立燦都拔出槍，只是強忍著不開槍，還即時示意其他人不許開槍。

劉易士走上前一步，確認沒有任何警察比他更靠近那具女屍，隨後手劃十字快速祈禱。

「我的主啊……」

隨著祝禱聲不斷，劉易士伸出右手，握拳而掌心朝上，當拳張開成掌時，他捧住一團亮光，隱隱約約形成一本書的形狀，書頁攤平，飄浮在掌心上，沒有真的放在手上，宛如路揚的劍是不可碰觸的存在。

女屍歪斜扭曲地站起來，喀喀地轉動脖子，抬起頭來……

CH.1 以神之名

節之一：復活

路揚拚命朝廢棄校區狂奔，人命關天，他幾乎跑出世界紀錄來。

沒多久就踏進廢棄校區，他朝目的地一看，黑暗的大樓只有一個樓層透出亮光，路揚邊跑邊數，那是八樓。

衝進建築物，路揚一跨步能跳半條樓梯，乍看簡直像是飛上去的，直衝到七樓接八樓的階梯時，樓梯的拐彎處，一汪黑水阻隔他的去路。

這水竟是倒著來的，水淹在頭頂上，好似八樓比七樓要矮，所以淹水淹到八樓的樓梯間，沒往七樓繼續淹上來，這狀況完全不合理！

路揚大膽地伸手去碰觸那黑水，指尖剛摸到一點就覺得冰寒刺骨，他再莽撞也不敢直接衝進這玩意兒裡面，馬上呼喊自己的劍。

「剔！給我砍了這個東西！」

古劍光芒大盛，激得黑水泛起圈圈漣漪，似乎有所忌憚，但當劍砍過水面，卻如船過水無痕，砍出的劍痕瞬間又恢復如初。

路揚的臉都黑了，正想不管三七二十一地衝進去時，突然想起廢棄校區的校園傳說實踐方式，或許要遵循那個方式上樓，才有辦法走進界裡？

路揚皺眉，左手猛地插進黑水中，沒入到手腕的位置，不過堅持三秒鐘就有點凍得受不住，手抽出來，左手掌整個黑了，而且似乎還沒有多少知覺。

他無奈地說：「好，別激動，我知道自己又幹蠢事了。」

剔疾飛過來，猛地停住，劍身一歪，碰到路揚的頭頂又恢復直立狀態，彷彿敲了他一記，此時的剔整個劍身都在顫動，宛如人氣急敗壞的模樣。

「我只是怕來不及，有同學都快不能呼吸了！」

路揚邊下樓邊解釋，膝蓋一屈一躍就跳完整條階梯，若是讓姜子牙看見這一幕，又要再次感嘆這厮真不算人類。

跑到一樓再一邊喊著「我要上X樓了」一邊上樓，沿路並沒有任何異狀，這讓路揚感到有些不安，那路徑該不會是一次性的吧？

那可就完蛋了，他不擅長處理界，剛才真的無論如何都該把姜子牙硬扛過來！

跑到四樓和五樓中間時，路揚忽然聽見一聲巨響，腳步滯了下，馬上弄清這竟是槍聲！

彷彿被槍聲震醒，路揚開始聽見紛紛擾擾的人聲以及最熟悉的嗓音……

「以主的名義，我命你退下，立刻退下！」

爸——路揚的速度更快了，若不是這建築物的樓梯根本沒扶手，他往扶手一撐就能飛上一層樓。

就算還是有黑水阻隔，路揚可能都會直接衝進去，幸好，這一次，七樓和八樓的中間再無任何阻礙。

路揚一個縱身跳上八樓，乍看現場壁壘分明，一邊黑一邊白，彷彿從中被剖成兩個世界，一步天堂一步地獄。

黑色不斷蠕動，想要蔓延到白色的領域，然而卻被一團白光擋住，想接近便是灰飛煙滅的下場，絲毫不能進犯。

發出白光的東西隱約可看出是一本書的形狀，站在書後方的人是劉易士，他舉著十字架遏止與斥喝。

還有幾名警察貼在離黑暗最遠的角落，驚恐地舉著槍，若不是胡立燦死壓著那幾名警察，恐怕又要出現許多聲槍響。

看見自家父親沒事，路揚鬆了口氣，終於有餘力觀察現場的狀況。

大片的黑其實是不斷蠕動的頭髮，竟長得又多又濃密，蔓延得到處都是，從地板到天花板上。這時，路揚才發現竟然有個女人倒掛在天花板，她幾乎整個人被黑髮掩埋，只露出面部到胸口的部位。

她的雙目圓睜，嘴巴張大到極限，好似那張臉在下一秒就會從中間裂成兩半，所有的黑髮都是從她的頭頂上長出來的。

相較於周圍不斷蠕動的頭髮，本體反而是一動也不動，彷彿那些頭髮才是主體。

白光忽地搖晃了幾分，劉易士注意到路揚來了，心思不免受到一絲影響。

「小揚？」他卻無法肯定眼前這個是不是真兒子，或者只是這個界化出來動搖他的幻象。

剔一劍揮出去，斬斷一道想趁白光不穩，從角落「偷渡」的頭髮。

「爸，快解決她！」

劉易士看了看被斬斷的頭髮，斷在地上就不會再動彈，比他的書不知威上多少倍，再加熟悉的氣息，他馬上肯定這就是親兒子沒錯，他就沒見過比路揚那把劍更擅長斬妖除魔的東西。

「我也想盡快解決，但是實在沒有辦法，這界不簡單。」

尤其剛才還不確定兒子的狀況，劉易士心急如焚，恨不得能夠像天使長出翅膀來飛過去，如果能夠解決，他的人早就不在這裡了。

「這些頭髮源源不絕，我幾次以主之名焚燒那些汙穢，雖然可以燒掉，卻又會生出來，速度快如一眨眼，根本無法清出往下的出口。」

路揚回頭一看，他上來的樓梯口又被黑水淹沒——不應該說是水了，那根本是團得密密麻麻，變得像水一樣的黑髮團！

見狀，路揚的臉色簡直快跟黑水一樣黑了。

姜子牙和一堆快喪命的學生正在等他帶援兵回去，晚了恐怕就要出人命。

「攻擊那個女人呢？」

路揚現在可顧不得那是不是大學同學，超渡都超渡過了，要說那是李瑤，就連姜子牙都不會輕易相信。

劉易士正想搖頭，卻又停下來，說：「你不妨試試。」

路揚立刻就試了，一出手便雷厲風行，使盡全力。

「天地自然，穢氣氛散，八方威神，斬妖縛邪，凶穢消散，道炁長存，急急如太上老君律令敕——」

隨著古老的咒，古劍飛上半空一個擺橫，旋轉數圈將周圍的氣聚於劍身，威勢大盛，甚至就連那些警察都能看出剔的威風，紛紛面露希望。

「剔除！」

剔夾著強大威勢，直刺向天花板上的女人主體。路揚本想那些黑髮可能會衝上來阻擋，所以一出手就是個大絕招，但沒想到，黑髮沒有上前阻止，反倒紛紛退到角落，讓剔一劍穿心，將女人的胸口轟出一個大洞。

成功了？路揚驚疑不定，雖然剔的威力一向強大，但是他父親可不是省油的燈，雖然劉易士本身不是攻擊型的，但將他困住的界，不可能這麼容易解決……

有一束黑髮突然動了，撲向女人的胸口，將那個大洞填起來，黑色漸漸化為各種形狀和顏色，膚色、上衣的顏色，連衣服的領口細節都一樣。

劉易士嘆了口氣，看來還是不行。

「剛才也是這樣。」方達快哭出來：「怎麼開槍都打不死，劉先生出手也沒用。」

胡立燦一巴掌把方達打得垂頭，罵道：「要是沒用，你早死了！」

劉易士搖頭表示不要緊，倒是沒有怪方達，這些警察的素質算是相當好，在這種等級的界影響之下，也不過就是朝女屍開了幾槍而已，胡立燦挑的人選都不錯。

「恐怕唯一的通道是往上。」劉易士無奈地說。

明知如此，他之前卻沒有選擇上樓，因為這陷阱太過明確，上樓絕對是最糟的選項。他有書護身，或許可以撐到這個界消失為止，卻沒有把握可以保住那些警察。

哪怕擔心兒子，劉易士還是做不出罔顧這些警察性命的事情來。

「但這是唯一的選項，恐怕也是九死一生的路，最好是待在這裡等界消失，威力這麼強的界，撐不了多久，我預估不到一小時，這還是那些黑髮不進行攻擊的前提之下，否則時間會更短。」

路揚知道父親對於界的解讀比他好得太多，但此刻卻不能聽從對方的建議，現在正是人命關天分秒必爭的時候，別說一小時，一分鐘都不能等！

「我們立刻上去！」

聞言，劉易士皺眉，但他知道兒子不會無的放矢，肯定有更嚴重的事情在外面等著解決，所以沒有時間在這裡等界消失。

「好。」

幸好，有兒子助陣，劉易士倒是有幾分把握了。

「你開路，盡力攻擊，我壓後，負責保護其他人。」

路揚點頭，他家父親的能力確實更擅長保護，而非攻擊。

聞言，胡立燦知道自己這行人給兩人拖後腿了，早知道一開始就站在外邊把風，假裝有在這裡面巡邏就好，幹嘛想著帶幾個人進來觀摩觀摩，方便日後有幾個人多少明白這些事，可以在收到類似案件的時候及時轉手。

這不是多少知道一點，這是知道得太多了啊！

胡立燦感覺特別對不起同僚，但事到如今，他唯一能做的事情就是看好同僚一個個都有牢牢跟緊劉易士和路揚，免得出現傷亡，那真要愧疚一輩子了。

路揚立刻衝上樓，見到兒子著急的樣子，劉易士感覺不妙，連忙招呼那些警察跟上來。

一上樓，所有人都立刻發現不對勁，他們明明人在八樓，上樓居然是一片土地，十分遼闊，但是卻看不遠，因為整個世界灰濛濛的，空氣中飄著無數絮塵，乍看還以為是雪，但不須細看就會發覺不對勁。那些絮塵呈現灰黑色，飄得非常緩慢，幾近靜止，滿世界瀰漫，將整個視野都染得灰濛濛。

不知為何，眾人心頭非常不安，甚至有種想回頭面對黑髮女屍的衝動，但轉頭朝上來的階梯一看，竟變成小池塘，池水漆黑如墨，讓人完全不敢下去。

這池塘對路揚來說非常眼熟，有著許願屍傳說的靜思池，再仔細一看周圍，這裡不正是大學嗎！

方達突然倒吸一口氣，嚇得抓住胡立燦的手臂。

靜思池浮上一個人，仰面朝上，眼睛睜得大大地望天。

路揚定睛一看，心頭沉了下去，這是那個許願後無聲無息死在靜思池的男學生。

一具屍體倒是不至於讓眾人害怕，可怕的是，打從踏進廢棄校區，屍體就總是不乖乖待著別動，一具具搶著爬起來，宛如活屍電影在現實上演。

路揚緊盯著水池中的屍身，但這一次，它似乎沒有站起來的打算，只是靜靜地浮在水面上。

反倒是水面起了動靜，一圈圈漣漪漸漸擴大成漩渦，然而卻不是往下凹陷，反而向上迴旋升起，從水面漸漸突出一個長條物體。

「剔！」

斬妖除魔經驗豐富的路揚可不會等這玩意兒成形，絕對是趁你病要你命！一劍劈過去，將那不知名的東西從中間直劈開來。

一個人卻從中掉了出來，她在水裡拚命掙扎，突然發現水不深，直接站起身，濕漉漉走到岸邊，滿臉驚慌地看著眼前這群人。

那是李瑤，卻不再是屍體，看起來完全像個正常的女大學生。

原本到處蔓延的黑髮恢復原本的長度，甚至連顏色都變了，變成染過的栗棕色，路揚記得李瑤確實是這個髮色，她身上的衣服甚至完好如初，若不是落在水里濕漉漉的，簡直是校園隨處可見的女學生。

「你、你們是誰？」李瑤害怕地東張西望，驚恐地喊：「我又在哪裡？發生什麼事了？」

眾人完全愣住不知該作何反應，屍體變成怪物讓人驚慌想逃，但是屍體恢復成活人，這到底該有什麼反應？

路揚冷笑一聲，喝道：「少在那邊裝神弄鬼，已死的人復活這種事騙騙一般人還有可能，可騙得了哪個道上人？」

李瑤怔怔地看著他，忽然清醒過來，驚呼：「路揚？你是路揚吧？」

路揚的臉一僵，對方宛如正常人的舉動騙不到他，但這名字一喊出來，卻著實讓他一怔。既然這個假貨知道他的名字，表示幕後主使人知道他這個人，而李瑤成為受害者的原因，該不會是因為結識他和姜子牙？

「寶貝，別被影響。」

劉易士搭上兒子的肩膀，知子莫若父，雖然路揚仍舊鎮定，但他敏銳地發現兒子的情緒有些不對，被界裡面的人事物影響是非常危險的一件事，一被抓住可趁之機，付出的代價很可能就是性命。

李瑤朝著路揚跑了幾步，卻被一把古劍擋下來，劍尖離她的脖子不過幾公分之遠，她像一般女孩般先是嚇住後尖叫。

她的眼淚都嚇得飆出來，哭喊：「我、我是李瑤，之前見過面的，你忘記了嗎？我們一起去保健室的途中，學校的玻璃窗還破了啊！」

路揚越聽越是火大，調查得這麼清楚，挑中李瑤果然是因為他吧！可惡！不過是見過一面而已，要不要這麼會牽拖！

見到這情況，劉易士知道狀況不妙，劍的光芒都開始偏向紅色的凶光，路揚果然受到影響，不管再怎麼厲害，還是個年輕人，面對認識的人果然還是會動搖。

劉易士不知自己該擔心還是放心，兒子獨立作業已久，要是哪天對敵的時候動搖了，那可不是一件好事，然而，全然都不會動搖，年紀輕輕就鐵石心腸，做爸爸的似乎還是要擔心！

劉易士上前一步，手一橫揮，書籍朝前飛到李瑤的不遠處，發出強烈的光芒。

「以主的名義，我命妳卸下偽裝，以真實面貌示人！」

沒了那層李瑤的皮，劉易士相信兒子會立刻一劍砍下去，還會砍得特別大力，沒見到剔的紅光越來越盛了嗎……

等來的卻是一個瞪大眼滿頭霧水的李瑤，她倒是沒有再次逃開，一本書畢竟不如劍那麼嚇人，而且她根本沒搞懂劉易士的話，只知道至少沒有喊殺喊打，所以倒是不怎麼害怕。

「怎麼會沒變化？」胡立燦不解地說：「剛才劉先生就是用這招讓她露出真面目，這次怎麼沒用了？」

劉易士皺眉，雖然他的攻擊能耐是沒有老婆和兒子高，但其他方面卻是有過之而無不及，在他的書照耀之下，能夠不露出真面目的東西並不多，她甚至沒有一絲掙扎的神色，彷彿是個普通人，根本不會受到書的影響。

「我、我可以回家嗎？」

李瑤緩緩後退，看起來似乎想遠離這些奇怪的人，包含路揚這個明明見過面卻翻臉不認人的同學，她還以為自己在校園，雖然是景色灰濛濛了點，但現在動不動就霧霾，天空有多灰都不奇怪。

路揚踏上前一步，他遲疑的時間已經夠久了，不管對方是什麼東西，她都不可能是李瑤！

剔高懸在空中，威脅著看來無害的女大學生，路揚更是怒吼：「立刻放我們出去！」

李瑤哭喊：「什麼啊？我根本聽不懂你在說什麼！」

路揚再不遲疑，兩指一並，劍指李瑤的心口。

「你、你要做什麼……」

眼見那把劍真的朝自己刺來，李瑤的雙目瞪大，尖叫道：「救命啊、殺人呀——」

劍凝滯不動，卻不是路揚軟了心，不管是命在旦夕的同學或者受傷的姜子牙都不容許他心軟，而是有人出手擋下剔的攻勢。

路揚的臉色有些難看，剔的攻擊不是第一次被擋下來，他再托大也不敢說自己強到無人能擋，但是這種直接讓剔無法動彈的攻擊還是初次看見，他都能感覺到剔對此感到無比的憤怒。

真正的敵人，總算出來了嗎？

劉易士先一步跨出去，書飛旋上半空發出強大的光芒，但看在友方眼中卻絲毫不刺目，反而有種泡在溫水中的溫暖感。

看見父親面對的方向，路揚的雙指一轉，剔的紅光大盛，硬是掙脫控制，在空中轉了九十度，直指半空！

半空中，竟有人！

那人身穿玄底金紋古袍，手拿金色權杖，頭綁髻，以玄底金雕小頭冠固定住，臉上還戴著面具，那是一張金黃色的面具，有著如日芒般的花紋，鼻頭特別突出尖銳，看起來像是鳥嘴。

日芒面具人。

傅太一？

路揚怒不可遏地高喊：「幕後的人竟然是你？」

傅太一摘下面具，從高空俯視底下這伙人，露出一抹笑。

節之二・驅魔

姜子牙用力掙脫，回頭就送一拳過去，卻被對方一把抓住，還抽不回手，他實在不是戰鬥系的。

「姜子牙，是我。」對方冷靜地說。

看清來人的臉，姜子牙一怔，脫口：「管家？」

管家微笑說道：「不只有我。」

他朝著姜子牙的後方一比。

姜子牙回頭一看，一道白色身影站在躺倒一地的大學生中，面露憐憫神色。

「管庭？」姜子牙一怔。

管庭穿著華麗的白色神父袍，頸掛金色十字架，看起來比劉易士這個教會人士更像個神父，還是等級特高的那種，一看就覺得不簡單。

管庭蹲下來，查看地上的大學生中狀況最糟糕的那一個，他的脖子全部變黑，根本無法呼吸，整張臉都發紫了，沒命恐怕也就幾分鐘的事。

那人一看見管庭，就像看見救星，快因窒息而停止的掙扎又大了起來。

管庭將十字架項鍊整個摘下來，手持十字架撫上對方的頸子，用溫和平靜的目光安撫對方，並高喊：「以神之名，我命所有汙穢與邪惡速速離去，回到渾沌深淵永世懺悔你的罪刑！」

呃！姜子牙忍不住看向一旁的管家，懷疑地問：「管庭竟然會驅魔？」

他自己不就是一個妖嗎？妖驅魔到底是個什麼樣的概念，他真的不懂！

「不會。」管家更進一步解說：「雖然穿著類似教廷的服飾，但他只是喜歡那種華麗的長衣，並不真的信教，或者應該說，他信的神祇根本不存在於現實中。」

「那他現在是在幹嘛？」

姜子牙本還想說不要胡鬧，有人快要沒命了，卻瞄見地上那些學生的狀況竟然真的開始轉好，原本發黑的肢體開始恢復正常顏色，神情看起來也沒有那麼痛苦，尤其是那名快窒息的學生，他重重咳出一聲，竟然可以呼吸了，發紫的臉色漸漸恢復過來。

「嗯……」管家沉吟地說：「按照主人的說法，管庭正在當神棍。」

姜子牙啞口無言，好不容易才擠出聲音來。

「但好像真的有效果啊？」

「是的。」管家點點頭說：「他們受到的攻擊原本就是妖物的手筆，妖物要真正攻擊到人其實並不容易，尤其是這麼大範圍的攻擊，十之八九都不是真正的攻擊，而是幻象居多。」

沒有真的攻擊到人？姜子牙看向自己的腳，那黑氣已經蔓延到膝蓋的高度，冷到骨髓裡的痛仍舊存在，管家卻說這不是真正的攻擊？

「仔細看，姜子牙，請您仔細看。」

管家的細語在姜子牙耳邊迴盪時，他的人卻已衝出去，手長出長長的尖甲，直朝著管庭刺過去，幸好管庭及時用手一擊對方的手臂，打偏這道攻擊，隨即跳開來，這才沒被爪子刺穿。

「惡魔！」管庭沉著臉，「你果然現身了！」

管家用嘶吼作為回應，他的嘴角直裂到臉邊，露出滿嘴尖牙，十分嚇人。

姜子牙瞪大眼，這是要叫他看什麼？看兄弟鬩牆嗎？而且管家怎麼成這副恐怖的模樣了？

要是對方一開始就用這副尊容出現，他絕對打死都不敢喝管家送來的奶茶！

兩人打了起來，身手都好得驚人，主要是管家進攻，管庭防守，但偶爾管庭會主動出手，總是能成功擊中，反倒是主動進攻的管家是一次都沒擊中，漸漸落入下風。

姜子牙看得目瞪口呆，這比看電影還精采，但這兩個傢伙到底為什麼打起來啊？你們要打也可以，但能不能別在一地學生的狀況下打？他好擔心那些學生被踩中後從嘴巴噴出一堆東西來。

「惡魔，我再不能容你如此猖狂！」

管庭一喊，手中的十字架竟飛上半空發出光芒，管家被這光刺得痛苦嘶吼，管庭抓住機會將其一腿掃飛出去。

十字架的光芒越來越亮，逼得管家似乎連爬都爬不起來，只能用雙手摀住面部，不讓這光直刺臉面。

這時，管庭一舉手，十字架緩緩落回他的手中，他手持十字架，一步步進逼管家。

「惡魔，以神之名，我命你立刻返回深淵地獄，不准在人世作亂！」

管家嘶吼想站起來，甚至想撲向管庭，但在十字架的威嚇之下，他連站都站不起來，像隻動物般在管庭前方爬行嘶吼，隨著管庭越走越近，他彷彿被限制住活動範圍，只能在原地不斷掙扎。

最後，管庭用十字架抵住管家的額頭，竟發出炙燒般的滋滋聲，管家慘烈地尖叫掙扎卻動彈不得，額頭開始變得焦黑，這焦黑一路往下燒，最後他整個人被燒成焦炭，化灰成土。

見狀，管庭眼帶憐憫，在胸前比了個十字。

姜子牙嚇得瞪大眼呆立當場，根本不明白怎麼就突然看見兄弟相殘的場面，管庭居然真的把管家殺了？還是什麼返回地獄的其實不會死？

但是，管家都化成灰啦！

思緒亂糟糟的，姜子牙只想到御書肯定會很難過，不管是管家的死，或者兄弟相殘……然後他就死定了！

「管庭的外表很有欺騙性。」

姜子牙嚇了一大跳，轉頭一看，蹲在他身後的人不是化成灰的管家是誰？

管家的臉不再是裂嘴的怪物模樣，而是一貫的俊美溫雅，微笑說：「主人讚美過管庭是個天生的神棍，不管是外貌或者氣質都很適合傳教，就算拿一本三字經去傳教，他也能創出個三字經神教出來。」

這聽起來不怎麼像讚美……

姜子牙結結巴巴地問：「你、你們剛剛在幹嘛？為什麼打起來？」

「請看他們。」

管家比向那些大學生，他們居然三三兩兩地站起來，不再是肢體發黑、性命垂危的模樣，一個個看著管庭的眼神帶著感激與崇拜，想來不管之前信或不信什麼，往後統統都會信主了。

「我扮演魔鬼，管庭則是正義的一方，他既然已經擊敗我這個惡魔，那些人自然就可以脫困，至少他們自己是這麼認定的。」

管家仔細解釋：「因為這一切都不是真的，姜子牙，你看得清我不是真實的，為何看不穿你受的傷同樣不是真實的存在？」

原來一切都不是真的嗎？姜子牙有所領悟，看向自己的腿，黑色的部分竟真的漸漸褪色，沒多久就恢復正常的膚色。

管家好奇地看著姜子牙，對方的左眼好像有些太亮，看著簡直像是在發光。

「姜子牙。」

姜子牙抬起頭來，帶著詢問的目光看著管家，等著對方開口，管家卻是指向某個方向，他順著手指看過去，那是管庭所站的位置，他也正巧看過來，兩人四目相對。

管庭勾起一抹笑，這笑容燦爛得讓姜子牙感覺非常不妙，連忙收回目光，轉頭問身旁的管家。

「管庭看起來沒怎麼樣呀，需要我幫什麼忙嗎？」

管家竟露出感激的微笑，說：「您已經幫了。」

幫了？姜子牙滿頭霧水，明明就是管家和管庭幫了他的大忙，而且管家的態度是不是又更恭敬了？這感覺真的很不妙啊！他是不是又幹了什麼會被御書殺掉的事情？

不管了，就算被殺也是之後的事情，現在的當務之急是解決這次的事情。

姜子牙拉住管家，深怕他像之前直接飛走，直問：「你和管庭能不能跟我過去幫路揚？」

管家搖了搖頭，說：「您的同學擁有非常強的能力，他做不到的事情，恐怕我和管庭過去也幫不上忙。」

「誰說的！上次你不就把我們兩個從墜樓危機中拯救出來了嗎？搞不好那傢伙又被吊在天臺啦！」

聞言，管家莞爾一笑，點頭說：「好吧，如果您這麼希望，我們可以跟隨您過去，但若是您的同學想對我們動手，請阻止他傷害我們。」

「當然沒問題！」

姜子牙大喜過望，能夠拉到這兩人幫忙，總比他一個人赤手空拳地去，根本不知能幫上什麼忙來得好。

這時，管庭神不知鬼不覺地來到兩人身邊，三人只是站在門口兩側的陰影中，不知為何，似乎沒有人發現他們的存在。

「統統搞定！那些人已經沒有問題，我檢查過了，沒有任何人懷疑自己的傷勢還沒好。」

「做得好。」管家點點頭，「現在我們跟姜子牙去救人。」

聞言，管庭略不滿地說：「還有工作？御書不是只覺得這邊不對，讓我們過來看看而已嗎？都出手了還不夠？」

原本濃濃的不滿，但他一看見姜子牙露出乞求的表情，竟妥協了。

「看在你的份上，要救就救吧。」

居然這麼好說話？自己肯定幹了什麼會被御書殺的事情吧？姜子牙的冷汗冒了滿滿一背，但此時顧不上御書會怎樣了，還是去看看路揚的狀況要緊。

在姜子牙的心急之下，三人朝廢棄校區急行，姜子牙已經是小跑狀態，但是管家和管庭只是大步邁進，速度卻幾乎一模一樣。

途中，姜子牙有些擔心，路上行人幾乎都會轉頭注視這兩人，尤其是管庭，他那一身衣服太引人注意了，若不是衣著特異的人不少，加上角色扮演盛行，大學場地常常被租借做活動，否則管庭老早就被圍住不放了。

雖然現在時間已晚，路上行人不算多，但還是有三三兩兩的大學生走來走去。

姜子牙不由得擔心地問：「你們直接出現在大家面前，還救了那麼多人，不會怎麼樣嗎？」

管家搖頭說：「不要緊，時間一久，他們就會把這些記憶當成是看過的電影。」

「最多就是有人會去受洗而已。」管庭開玩笑地說。

聞言，姜子牙突然想到，就連這麼大的事情都能被記憶竄改成電影情節，那麼自己印象中的「電影」是不是也有部分是真的——話說他好像沒看過什麼電影啊！

幸好幸好！

一人兩妖衝進廢棄校區時，姜子牙立刻看向那棟建築物，但是整個廢棄校區都安安靜靜，一點動靜都沒有。

姜子牙看了看身邊的兩妖，心裡不禁有了底氣，直接衝進建築物。

一路「蹬蹬蹬」上了八樓，卻什麼都沒有看見，姜子牙呆愣在原地，竟然不知該怎麼辦，如此順利爬上來，還一點異狀都沒有，現場就是臭了點而已，但這可能只是之前的屍體留下的臭味。

沒狀況乍聽之下是件好事，卻讓姜子牙完全不知道該去哪找路揚，而他絲毫不認為路揚會沒事，十之八九又是陷在界裡，否則絕不可能就這麼不見人影。

更何況，這邊本該有劉易士和許多警察過來，如今這麼大一群人不見蹤影，怎麼都不像沒事的樣子。

「用心觀察。」管家冷靜地說：「如果連你都發覺不到異狀，恐怕也沒有多少人能夠看出問題，那表示敵人的能力太高，不如撤退，以免白白付出性命。」

姜子牙深吸一口氣，不去想什麼撤退不撤退的難題，先看個仔細再說。

他伸手捂住右眼，只留看得見異狀的左眼，環顧四周一圈後終於發現線索，地上有好幾灘血……

這時，周圍的臭味突然變得濃烈起來。

姜子牙一怔，再次抬頭時，周圍的景物全變了，地上的東西不只有血灘，還擺著一具具白骨，看起來已經腐朽風化好一段時間了。

只是本來空無一物，被他這麼一瞧，滿地都是血漬和白骨，他是不是又幹了什麼不太好的事？

姜子牙總是很糾結，沒有的事情被自己一看就有了，有時他會忍不住懷疑，其實是自己的左眼造成不好的事情發生，就像李瑤被他一喊就成了厲鬼……

「子牙？」

聽到熟悉的聲音，姜子牙立刻回頭一看，失聲喊：「阿揚！你沒事嗎？」

沒想到一出來就看見姜子牙，若是只有他，路揚還會想想這是不是幻覺，但他還看得見管家和管庭，這可信度就高多了。

路揚直衝到姜子牙面前，仔細觀察不是幻象後才鬆了口氣。

緊跟著，後方樓梯下來了一串人，先是警察們，一個個臉色蒼白嘴唇發抖，殿後的是劉易士。

劉易士看了樓梯一眼，那兩個快速下樓離去的影子走得頗快，雖然只瞥見一眼，要攔下也不是真沒有辦法，但對方似乎是跟著姜子牙來的，劉易士隱約也有了些猜測，也就放任他們離去。

姜子牙掃上掃下，見路揚還真的沒事，他以為拖了這麼久的時間，路揚肯定是又大戰了一場。

「沒事，之後再跟你細說。」路揚搖頭說：「走吧，現在就去救那些同學。」

話一說完就立刻要下樓，路揚還記得那些倒地的同學慘狀，耽擱這麼多時間，恐怕情況不妙，雖然一般來說，道上人應該不會這麼明目張膽地害人命，畢竟鬧大的話，道上還是會有人來插手阻止和追捕凶犯。

但看這次死這麼多人，恐怕這個道上人無法無天的程度有點超乎常理，說不定還真敢害那麼多條人命！

姜子牙連忙拉住他，說：「那邊已經沒事了，你看我的腳，也好了。」

「沒事？」

路揚是有注意到姜子牙的腳傷已經痊癒，但對方有真實之眼，自行看穿而掙脫沒事倒也不是太奇怪的事情，所以他一見到原本受傷的姜子牙出現在這裡，沒有太過驚訝或者認定對方是假的。

他半信半疑地問：「是你做了什麼嗎？」

姜子牙立刻搖頭，他可沒那種能耐。

「是管家和管庭來幫的忙，管庭就當了一下神棍，把偽裝成惡魔的管家燒成灰，那些同學就沒事了。」

說完，他突然覺得自己解釋得這麼簡略，沒頭沒尾的，不知能不能讓路揚聽懂，不過整件事情經過就真的是這樣，他自己都還沒搞清楚是怎麼回事！

「喔？」劉易士湊上來，笑著說：「看來那兩隻妖確實有些能耐，這種驅魔方式很適合那個狀況呢。子牙，你能幫我引薦一下那位御書女士嗎？」

「御書女士」這四個字聽起來怎麼就這麼讓人想抽搐臉皮？

姜子牙只能硬著頭皮說：「我先問問她再說，她脾氣不太好，是會直接砸一把匕首過來那種程度的不好，最好不要直接上她家的門。」

劉易士十分贊同地說：「那當然，先詢問是種禮貌。」

雖然就算被拒絕，他不一定就不上門了，只是可能會換個方式上門，一切視情況而定，必要的時候，破門這種超沒禮貌的事情也是常常發生的。

路揚瞄了自家老爸一眼，很是贊同上門看看，好讓他搞清楚那傢伙的底細，省得一天到晚糾結姜子牙跟御書這人來往到底有沒有問題。

但當務之急不是御書的事情，他走到胡立燦面前，說：「剛剛一直沒來得及說，出人命了。」

聽到這話，胡立燦原本逃過一劫的慶幸全沒了，驚嚇地說：「這裡不是沒出事嗎？」

「在校區，三條命，全都是學生。」

聞言，胡立燦的臉都黑了，路揚自己的臉色也不好看，他原本以為那邊是校區，就算是大半夜看起來也挺熱鬧，他們一行人足足有十二個，應該不會出大事，看來他小覷對方，敢害這麼多人命，又弄出這種東西的道上人果真無法無天！

聽到三條人命，劉易士感覺不對勁。

所謂槍打出頭鳥，道上人一向行事低調，尤其是為惡的那一群，不想引來圍剿，一個個躲得深，如今卻這麼明目張膽地害人命？

這名道上人到底想做什麼？

節之三：成真

聽見開門的聲音，御書癱在椅子上，連動都懶得動。

兩個高大的人影走進書房，穿著一黑一白，顯眼到讓人無法忽視。

黑的那一個恭敬地開口說：「主人，果然出了事，您看得真準，只是看見網路有人直播姜子牙就讀的大學有火災鈴聲，就能發覺不對勁。」

御書哀怨地看向兩個兒子，生無可戀地覺得自己幹嘛生兒子呢——不對，她壓根就沒生，只是、只是……好吧，這也算「生」了。

「怎麼古裡古怪的？」

管庭上下掃過御書的狀況，沒受傷，旁邊已經擺著一杯咖啡，電腦正在運作中，沒事啊！

御書朝兩個兒子無力地招招手，兩人不明就裡地走過去，這才發現電腦螢幕上正在播放管庭驅魔的畫面。

只是與現場版不同，影像中的管家和管庭幾乎只是兩抹透明人影，而且完全聽不見他們兩人的聲音，只有當場學生的哀號聲不絕於耳，整個錄影看起來宛如恐怖片——還沒加上特效的那種。

「驅魔驅得不錯啊？」御書幽幽地說：「不如送你去教會，看看他們收不收妖當驅魔師？」

管庭噤聲低頭，難得溫順，反倒是管家開口認真分析：「這畫質拍得很模糊，或許不會被當真。」

御書無力地說：「拍得越模糊越像是真的，如果清清楚楚，搞不好還會被當成某些未播出的電影片段，這種模糊錄影反而看起來就是有人拿手機拍攝自行上傳。」

聞言，今年一歲整的管家也想不出辦法，只能安靜了。

御書挖苦地說：「這一招應該給教會招了不少信徒，他們真該頒發一個好妖好事獎章給你們。」

兩枚闖禍的兒子乖乖地站在母親面前不敢說話。

御老媽扶額說：「我用留言帶了點風向，想把這整件事弄成有人拿電影毛片來惡作劇，但是有人一直反駁我，這情況有點不對。說吧！姜子牙這次又惹了什麼事？」

雖然御書沒從影片中看見姜子牙，但她一開始看見直播就發覺不對，那所謂的火災警鈴在她耳中是陣陣刺耳尖叫，再聽見管家說那是姜子牙就讀的大學，她就立刻打電話給姜子牙，果真打不通，還怕是他睡了關機，又朝對門鄰居打去一通市內電話，也不管三更半夜的，對面鄰居睡了沒。

姜玉半夢半醒地說姜子牙參加社團去學校夜遊還沒回來。

呵呵，這事還能是別人惹出來的嗎？

管家把事情一五一十地說完後，說道：「雖然姜子牙要我們幫忙，但我們看他們已經脫困，而且有真的驅魔師在，我們不敢多停留。」

雖然姜子牙承諾會阻止，但管家還是不希望橫生枝節，一發現沒事後就立刻帶著管庭閃妖了。

御書皺了皺眉頭，這時，電腦螢幕突然接連響起聲音，那是她設下的提醒，只要某些ＩＤ留言就會響。

那些人可真是不死心！

御書的雙手放上鍵盤，打算來個手戰群雄，憑她打字多年的速度，誰都不能把她兩個裝神弄鬼的蠢兒子挖出來！

未料，這一看去，那留言真是震驚她了。

大學竟出了命案。

本來已經快平息的影片留言區立刻沸騰起來。

人如飄絮：什麼命案啊？情殺嗎？

世界之巔：聽說已經死了三個人。

我宅我驕傲：真假？騙人的吧！

御書眼睜睜看著留言越蓋越多樓，影片的點閱率飛快地上漲，還有很多ＩＤ紛紛跳出來說自己人就在學校，將整個事件繪聲繪影說出來。

世界之巔：真心不騙！事情超奇怪，三個人死的地方都不一樣，有廁所、靜思池，還有這支影片發生的地方，醫學院！

八月初八就要發：呵呵，還敢說這支影片是假的嗎？那個「我兒子帥破蒼穹」，

出來面對啊！

這是要做什麼？

御書敏銳地發現不對勁，大學發生命案不奇怪，奇怪的是才剛剛發生，哪來這麼多人立刻發文把整個事件說得這麼清清楚楚？

如果只有知道一處陳屍地點，還可以說是發現屍體的人，雖然這人報警的時候通常會被警方告知不要洩漏具體事項，但世間白目何其多，嘴上答應得好好的，轉頭就來網路貼文，這也不奇怪。

但是，三處陳屍地點都知道，媽的這是凶手本人吧？

開始了：這不是我們學校的七大不可思議傳說嗎？

御書定定地看著那個ＩＤ「開始了」，剛剛就是這個人首先跳出來，將她已經拉歪的風向重新拉回討論她家那兩枚蠢兒子，還跟她唇槍舌戰了好一番。

原本她已經成功讓其他人把這個影片當作大學生的惡作劇，結果命案一出，注意力全都拉回來了，難怪之前對方筆戰到一半都沒啥力道，只是偶爾回一下把話題頂上來，恐怕早就知道接下來的發展了吧！

這不是凶手是哪位？

人如飄絮：哪七大？我還真的不知道我們學校有這麼多傳說。

開始了：七大不可思議傳說有文學院的笑臉跳樓學生、靜思池的許願屍、廁所的大鏡子、醫學院的人體模型、籃球場的人頭籃球、廢棄校區不存在的第九樓，還有圖書館的第十三排禁書書架。

下面還貼了一篇七大不可思議的詳細解說，包括詳細會發生什麼事，又要如何引發事件發生，以及曾經發生哪些案例等等。

這傢伙是要搞事情啊！

她打了電話，姜子牙的號碼，這次果真通了。

「御書嗎？」

「不是，是管家管庭的媽！喂，你有通訊軟體吧？快把帳號名稱給我，我貼個影片網址給你看看，如果你有門路就轉給警察，沒意外的話，下面留言的人很有可能是命案凶手。」

「妳已經知道出命案了？」

姜子牙的聲音聽起來很是訝異。

「你們大學會上網的學生都知道了好不好！」

「怎麼可能？」

「廢話少說，快給我帳號啦，我貼影片網址，你看看影片下方留言區就清楚了！」

交換帳號後，御書乏善可陳的好友名單除了新增姜子牙的「姜太公釣魚中」，還噴出兩則申請加入好友的通知，分別是「想剔牙」和「驅魔神探」。

御書嚇了一跳，「想剔牙」還能猜出應該是路揚，他在道上的代號就是剔，名氣大得很，不過驅魔神探又是哪位啊？

只見驅魔神探的申請欄位上寫著：妳好，我是路揚的父親。還附帶一張笑臉符號。

她無言地按下確認新增好友，然後把網址傳給姜子牙，還直接拍下那幾個很可疑的帳號和留言傳過去，免得留言樓層數太多，一時找不到重點。

姜太公釣魚中：謝啦，警察說妳真的幫了大忙！

見到這訊息，御書有點無言，這才幾分鐘就「警察說」，這警察肯定在他旁邊！

隨後，又來一則申請好友通知，帳號名稱規規矩矩，看著像是真名。

胡立燦：我是警察局小隊長。

「……」御書更憂鬱地按下確認新增好友，打從認識姜子牙，這生活圈擴展得還真快。

姜太公釣魚中：對了，多謝管家和管庭來幫忙，他們救了好多人！

呵呵，就是啊，真的是滿多人的，都上熱門直播了呢！自家兒子還冒充教會的驅魔師，幸好臺灣好像沒有幾個真正的驅魔師——呃，可能要算上那個驅魔神探。

要是那個驅魔神探敢來收她兒子，她就把姜子牙活活掐死！

「打從遇見姜子牙，我覺得自己快成聖母，一個兩個忙不斷出手。」

感覺萬般無奈，但是這種疑似發現凶手的事情，她也不能當作沒看見，三條青春年少的生命就這樣消失了，就因為那個「開始了」不知道想搞啥事！

有種事情不會就此結束的感覺。

御書皺著眉頭，心中有不祥的預感，而看事情發展的態勢，這個「不祥」可能會挺大條的。

實在好懶得管啊，截稿日又快到了啊，編輯葉蘿說再不交稿就要來她家定居啦——這編輯可真是被逼入絕境，打從上次葉蘿過來的時候碰見剛「出生」沒多久的管家，她就再也不敢說要上門定居了。

御書糾結了，電腦卻又傳來提醒響聲。

世界之巔：最新內幕！廢棄校區原來早就出事！

御書看著對方打出一大堆流浪漢離奇死亡的事件，又說八樓躺了一名女學生，如今學生死亡人數上升到四人云云，每件都和七大不可思議有關，還有三件不思議會不會繼續出現命案，然後開罵警察都不幹事，校園維安出現大漏洞，後面免不了一堆人跟著開罵，熱鬧程度完全不像大半夜。

見狀，御書一個皺眉，立刻打開各家入口網站，果真沒錯，雖然還來不及出現正式新聞頁面，但網頁上的跑馬燈幾乎都是大學疑似出現連續命案的消息。

這是故意要鬧大？御書驚疑不定，搞不懂這個「開始了」是想要做什麼，不解地苦苦思索。

雖然她躲在自家房間應該很安全，奈何家有兩兒子給他們自己找了個很麻煩的「爸爸」，要說會不會被牽扯進去，御書只能「呵呵」兩聲，這還需要猜嗎！

「主人。」管家送上香噴噴的九層塔煎蛋，歉疚地說：「吃點東西再想吧，現在離您吃晚餐的時間已經過去很久了。」

御書定定地看著自家帥破蒼穹的兒子，腦子突然靈光一閃。

「那個人想讓七大不可思議傳說成真！」

但這是為了什麼呢？

御書覺得只有自己在耗費腦力是件很不公平的事情，立刻把這些訊息統統一古腦兒丟給姜子牙同學，然後問自己的猜測是不是對的。

有猜測沒解答，這太痛苦了，御書表示不能忍。

回來的訊息是地址一行，御書對那裡很熟，那是一間經營多年的二十四小時咖啡店。

最討厭出門了。

CH.2 湘水畔

「御書說她今天頭髮痛沒辦法出門。」

姜子牙舉著手機螢幕給眾人看，這理由還真是讓人只能苦笑了。

聞言，劉易士倒是沒有惱怒，笑說：「請回覆她，我可以發兩張教會的證明，保證她的兩名幻妖無害，請道上人看在教會的份上不要對他們動手。」

姜子牙驚了，還有這種操作？

「教會竟然會保護幻妖嗎？」

路揚無奈地說：「當然不會，只是我爸手寫的證明。」

聞言，姜子牙苦著臉說：「一定要騙御書嗎？」要是被拆穿了，對門鄰居會瞬間化身大魔王吧！

他可沒忘記上次御書一劍劈了貨櫃屋的事情，雖然一劈完就說沒力飛走，但那是真、劈、了，可不是什麼幻象！

姜子牙覺得自己惹不起一個刀劈貨櫃的女人。

「上頭會蓋我爸的章。」路揚老實地承認：「還算有點用，至少在西方體系挺有用，在臺灣的話，目前應該不怎麼好用，一起加上我的劍印，那就沒有問題了。」

劉易士，在臺灣還不如兒子有用的爸爸，心頭被戳了一劍。

「你肯蓋上你的章？」

姜子牙覺得有些稀奇了，之前明明對小雪和管家都很感冒的，口口聲聲要燒掉他們，現在居然轉了性，願意保護管家和管庭這兩隻妖。

路揚幽幽地嘆了口氣，特別真誠地說：「之前是一個救了我，這次是兩個一起救了滿地的同學，你真當我多鐵石心腸啊？之前只是怕他們給你帶來危險罷了。」

聞言，姜子牙同學真是感覺特別對不起路揚同學——才怪，真不知道誰才是被妖救過的那一位！

低頭把劉易士的話傳過去，姜子牙等到回應後，抬頭說：「她說『你贏了，馬上就到』。」

「那麼，我們也趕緊過去約定地點吧。」

說完，劉易士帶著抱歉的笑容看向胡立燦，那裡可不是能帶警察小隊長過去的地方，或者應該說，地方倒是能去的，只是約的對象不對。

胡立燦立刻說：「我先去和校園的同仁會合，看看那三起命案現場，其他的就等你們來消息。」

其他警察早讓他先一步放人走了，今晚受的刺激實在太強烈，胡立燦也只能讓同僚趕緊回去洗洗睡，最好如路揚常掛在嘴邊的話，目擊者過兩天就會自行腦補出合理的解釋，例如當作自己看了一場特別恐怖的電影。

要不然，胡立燦覺得自己可能會沒同僚。

「真是抱歉沒能阻止對方犯案。」劉易士輕聲說：「沒想到他竟是如此無法無天，既然如此，接下來，我們也知道該怎麼做了，請不要擔心。」

胡立燦打了個寒顫，連忙點頭，然後趕緊離開，回到現實世界去做點現實的事情，例如調查凶殺命案。

聽到那三起命案，路揚和姜子牙的心頭都是沉甸甸的，尤其是路揚，他沒料到區區的社團夜遊竟會嚴重到出人命，一開始的防備心就不足，只是因為廢棄校區出人命的關係，帶著想看看七大不可思議傳說的念頭前去。

「別多想。」劉易士拍拍兒子的肩膀，「對方以有心算計你的無意，本來就容易得逞，現在先過去會合，我想『那一位』應該可以給我們很多解答。」

路揚點點頭。雖然愧疚，但他接案已久，失敗也不是沒有過的事情，不至於就此沉浸在愧疚中不能做事了。

姜子牙卻還是新手，想想那三位同學就此喪命，心裡仍是很難受。其他兩名受害者認識不深，但簡志卻是招呼他進社團的人，看見認識的人下場這麼慘，守護簡志的天使最後又變成那副恐怖的模樣，他實在很難釋懷。

「走吧。」

計程車就等在校門口，待三人一上車，司機頭也沒回地打招呼。

「好久不見了，劉先生。」

劉易士微微一笑，「好久不見，司機先生，請到湘水畔。」

路揚介紹道：「這是合作很久的司機先生，你也叫他司機就好。」

說完，他又對司機說：「你不用假裝自己是個安靜的司機了，姜子牙是我的助手，你給他一張名片，讓他以後也可以叫你的車。」

認識的計程車司機？姜子牙有些驚奇，忍不住偷望前座的人，對方看起來是個正常男人，年紀看來只有二十多歲，不像「合作很久」該有的年齡，尤其對方還認識劉易士，根據路揚說過的話，他爸已經有十多年鮮少在臺灣活動。

偷偷打量時，司機的頭突然扭了一百八十度，直接和他對望。

「……」

「原來是助手先生，失敬失敬！」司機笑咪咪的，再加上二話不說就扭頭嚇人，個性看起來挺不著調。

「呃，你好，我是姜子牙。」

幸好，經過整晚的慌亂，姜子牙已經有點遲鈍，此刻腦中只有：車子都開動了，你的頭還朝向後方，這樣是對的嗎？

「這是我的名片，請多多關照敝人的小生意。」

一隻手還遞名片過來了啊！專心開車不行嗎？

姜子牙偷瞄隔壁的路揚，本想讓他提醒下司機，結果後者又在低頭看手機，只是螢幕上顯示的是御書傳送過來的影片網址，顯然是在辦正事，他也不敢打擾路揚，只能趕緊接過名片，希望司機能夠好好開車！

接過名片，姜子牙低頭一看，卡片面上就寫著「司機」兩字和一支電話號碼。

姜子牙覺得這名字取得和御書有得一拚。

幸好，司機的開車技術與他不著調的個性和取名的能力顯然成反比，這車子開得平平順順，而且非常守規矩，速度還有點慢，應該是乖乖遵照速限了。

姜子牙鬆了口氣，他實在怕這司機上演亡命飛車記，現在沒那麼趕時間，不需要考驗他的心臟。

路揚皺眉說：「我找人幫忙查ＩＰ位址，但還是查不出那個『開始了』的所在地，他果然有防範。還順便查了幾個反駁御書的人，好幾個都查不出所在地，這些人可能是一伙的，或者根本都是那個『開始了』的分身。」

「查查社團的人。」前座的劉易士提醒：「那個社團發起探索七大不可思議傳說的活動，恐怕關聯頗大。」

這麼一提，路揚突然想起來之前聽醫學院學生說過人體模型的傳說，他們所知的傳說只是會被模型追著跑，但只要繞著醫學院跑一圈就能擺脫，根本不會出人命。

那麼，其他傳說是不是也被變造過了？

路揚立刻開始查真正的傳說，結果跳出來的頁面統統是社團給的血腥版本，連醫學院人體模型都不例外，好不容易才找到一則關於靜思池的傳說，內容是不會死人的。

每天朝靜思池丟一塊錢許願，丟滿整整一年，願望就會實現。

壓根就沒提到屍體的事情，雖然這個傳說內容和靜思池的許願屍相去甚遠，但路揚覺得這應該就是原本的靜思池傳說，水池本就常常和硬幣、許願扯在一起，會有這種傳說並不奇怪。

但如今不管哪邊才是原始版本都不重要了，人們的記憶只會記得新的血腥版本，刺激血腥的事情本就更讓人容易記住，再加上這次的命案，恐怕這七大傳說要聲名大噪了，這可不是件好事！

「查得怎麼樣？」姜子牙關心地問。

路揚頭疼地說：「這七大不可思議不管是真是假，之後都會取代原本的傳說，成為我們學校的七大不可思議，偏偏都是一些會出人命的內容，學生本就天不怕地不怕，肯定會有人不要命地一再去嘗試。」

姜子牙臉色一變，驚喊：「難道每次都會出人命嗎？」

「不會的。」劉易士解說：「這一次是因為對方架了強大的界，讓你們在無防備的狀態下踏進界裡，我也為了破案不得不遵照入界方式，我們都是道上人，要入界本就比一般人容易許多，現在我們有了防備，沒那麼容易入套，而一般人卻沒那麼容易入界。」

路揚突然開口說：「如果七件命案都成立了，鬧得沸沸揚揚，越來越多人相信這些傳說，一般人會不會也變得容易入界？而他們一旦入了界，或許又會造成新的命案。」

然後信的人就會更多，入界也會變得更容易，完全是一個無解的惡性循環。

聞言，劉易士的臉色變了。

「我會跟胡立燦溝通，看看能不能出手破壞掉其中一些傳說，例如把池子填平了。」

勁。

「破壞掉會不會讓人更加相信有問題？」

姜子牙覺得如果是自己就會更加懷疑，剛出命案就填平水池，如果是溺水事件，填平水池還有理由，但靜思池的水淺到根本淹不死人吧！整件事看起來就會很不對勁。

這話也是有道理，若只有一個傳說，填平水池勢在必行，但現在有七個，總不能每個都破壞，那就真的是欲蓋彌彰了，更何況，有些根本無法破壞，例如窗外的跳樓笑臉，總不能把整幢樓都打掉吧？

劉易士和路揚都皺緊眉頭，封鎖現場也是一個辦法，但大家都知道，封鎖反而會讓一些人更想偷偷溜進去，不說學生，連記者們都可能會想一探究竟！

「湘水畔已經到囉！」司機笑咪咪地提醒。

姜子牙看了司機一眼，原本路揚沒說他是助手的時候，這司機不苟言笑，就像個沉默型的計程車司機，一開誠布公，他的臉就變成一張笑臉，好像就沒看過他不笑的時候，看久了真是有點詭異啊！

「不想啦！」路揚自暴自棄地下了車，高喊：「先去聽你那家老闆想說什麼吧！

他要是說服不了我，就小心我的剮！」

看路揚竟是對著他說話，姜子牙滿頭霧水。

「啊？你是說我老闆？傅太一嗎？這和他有什麼關係？」

劉易士微笑道：「我們在廢棄校區的界裡看見他，還做了點交易。」

「什麼交易？」

原來去咖啡店不是為了專程和御書見面？姜子牙突然感覺非常不妙，老闆跑去廢棄校區的界裡面幹嘛？

等等，他該不會是這次事件的主謀吧！

路揚臭著臉回答：「只要我們不殺那個『李瑤』，他就帶我們離開那個界，我以為你和同學們有危險，不能再拖下去了，所以就答應他。」

「但我提了一個小小的附帶條件，那就是約個地點見面詳說。」

劉易士笑著舉起食指，比向一旁的店面，招牌是古色古香的金色字體，請恕姜子牙是個外文系而非中文系，那字體還真是讓人看不懂，都快變成圖形而不是文字了。

就憑這個讓人看不懂的招牌字，這家店都不可能做得起來吧？

但人家顯然還在營業。

「湘水畔。」劉易士抬頭望著招牌，「真是符合九歌的店名，連字體都是春秋戰國時期的六國文字。」

「你認識春秋戰國的字？」

姜子牙有點佩服，然後想起之前查過的資料，九歌中確實有兩個傳說和湘字有關——等等，這麼說起來，老闆有個朋友常來九歌書店，名字裡就有個湘字！

路揚毫不客氣地戳穿父親，「我爸怎麼可能認得這字，是我剛查後傳給他的網路資料。」

「你們兩位都不認識這字，還期待一個外國人認識嗎？」

劉易士倒也沒有被戳穿後的尷尬，他跟著兩個年輕人下車，一到門口便讚道：「這咖啡味可真香。」

「多謝誇獎。」

一名女性悠然推開店門走出來，年紀看起來有些讓人猜不透，外表可能是三十歲，但是氣質十分端雅，透出成熟典雅的韻味，穿著寬鬆的中式上衣和長裙，丁香色的衣料上點綴著少許清蓮刺繡，頭髮用髮釵挽起來，整個人古色古香。

「陳姨！」姜子牙脫口而出，他太熟悉眼前這名女性了，老闆的友人，陳湘！

雖然是這麼古色古香的女性，但她看的書可廣了，就是年輕人喜愛的漫畫小說，她也來者不拒，因此是書店的常客，姜子牙常常替她訂書留書。

「誒！」陳湘笑吟吟應了，看著姜子牙，語帶心疼地說：「子牙你還是第一次來我的店吧？可得讓陳姨好好招待你，看看你，怎麼又瘦了！」

呃，陳姨幾乎每次來書店都說他瘦了，姜子牙都很懷疑真的每次都瘦了，他早成白骨精了吧！

「都先進來吧。」陳湘笑著看另兩位客人，直說：「太一已經到了，在包廂裡面等你們呢，我就不耽誤你們談正事了，直接上咖啡可以嗎？兩個孩子餓了嗎？給你們上點吃的吧？」

姜子牙點頭，即使不好意思也不敢說不餓，因為奔波一整個晚上，他是真的餓了，要是說不餓，等等肚子叫起來，陳姨端來的食物能把他塞爆！這種事可不是沒在九歌書店發生過呀！

「很餓。」路揚直說：「非常餓。」

聞言，陳湘更是笑得開心，「給你們煮些麵吧。」

路揚點頭說：「謝謝。」

陳湘領著眾人進咖啡店，雖然時間已經接近凌晨，但店裡還是有客人，只是店內空間很巧妙地用植栽牆和窗格屏風等物阻隔，除了最外面幾桌，裡面的空間都頗有隱私，看不清人。

但眾人並沒有在一樓停留，而是直接走上二樓，踏上樓梯時，姜子牙怔了下，看向路揚，後者一瞇眼，火氣都升起來了。

他早跟姜子牙說只要抵達目的地，就要打起十二萬分精神，注意有沒有界的存在，即使沒辦法看破界的破綻，只要知道有界，讓他們有所防備，那就夠了。

在路揚喚出剔之前，陳湘微笑解釋：「這樓梯有個界的入口，樓上的包廂一般是不開放給客人的，只有我們九歌的人聚會時使用，至於是做什麼用的，你等會就能明白，無須多做解釋。。」

路揚一皺眉，這話的真假就不能問姜子牙，對方連入門都不算，根本無從分辨，於是他改看父親能不能判斷這話的真假。

劉易士倒是一副老神在在的模樣，這讓路揚十足不解，在界裡面的時候，也是父親暗示他接受條件。

「那便上樓吧。」劉易士笑說：「我得給東皇太一帶個問候，阿路師聽我說要來這邊，可是特意叮囑我替他問候一聲。」

陳湘掩嘴一笑，「那太一肯定高興，他可仰慕阿路師了。」

兩人交鋒，字字珠璣，路揚略聽懂一二，自家父親早告知阿公，若是他們出問題，清微宮就要找上門了，而陳湘的回應大概是他們根本沒打算出手吧？

一步步踏上階梯，陳湘的服飾漸漸起了變化，丁香色的深衣繡著幾枝清蓮，玄色襦裙同樣有著蓮花暗紋，頭梳垂雲髻，再次回過身面對眾人時，陳湘已是優雅大氣的古代仕女。

姜子牙覺得這身打扮更適合陳姨，與她的氣質相得益彰。

「九歌向來低調。」劉易士開口問：「最近接二連三出手，不知是為哪樁？這是替清微宮的阿路師問一句。」

陳湘拉開包廂門，掩嘴笑道：「這個請去問東皇吧，我只是個賣咖啡的呢。」

古代仕女說她賣咖啡，姜子牙覺得違和感真重，不是應該要喝茶嗎？

門後，身著玄底金邊袍的日芒面具人正跪坐在席上，朝眾人一擺手。

「請坐。」

姜子牙瞪大眼，這人真是老闆嗎？雖然之前已經見過傅太一這個模樣，但都不是這麼近距離的接觸，現在對方就坐在面前，這才真正感覺出眼前這人的華雅雍容，氣勢十足，跟傅太一完全不是同一類型的人啊！

「挺有意思的守護靈。」東皇太一偏頭看著劉易士和路揚，「父是書，子為劍，倒是文武雙全。」

姜子牙這才注意到，路揚的剔不知何時已經出現，劉易士的身旁則是飄浮著一本書，他好奇探頭一看。

「聖經？」

劉易士一震，看了看姜子牙，雖然他已經聽兒子說過姜子牙的左眼厲害，但親身經歷果真不同。

在旁人眼中，這本書既透明又發光，根本不可能看清是怎麼樣的書，能夠看清輪廓是書的外型就不錯了，尤其現在書已經合起來，四四方方比攤平更難以看出是一本書。

然而姜子牙卻直接說破這是一本聖經。

「聖經嗎？」東皇太一玩味地說：「子牙，在你眼裡，我又是什麼模樣呢？」

姜子牙看向傅太一，突然感覺不妙，該不會這個樣子又是只有他能看見的吧？

「就是黑袍金邊古裝的樣子，不是嗎？」他惶惶然地看向路揚，後者一個點頭讓他鬆了好大一口氣。

傅太一將面具摘下來放在矮桌上，微笑道：「我以為你能看得更清楚一些。」

姜子牙有點不解，看得更清楚？這話是說衣服紋路也看清楚嗎？那他是看得滿清楚的，這套衣服看起來就超級貴，雖然大多是黑色調的，但連他這個不懂的人都看得出質感超級好！

矮桌四邊位，劉易士坐在東皇太一的正對面，路揚則選擇坐在父親的右手邊，姜子牙正想坐最後的位置時，被路揚招手過去。

「差點忘了御書也要過來，她還真慢。」姜子牙一邊坐下來一邊低聲和路揚交談：「不知道她會不會帶管家和管庭過來？這樣就不夠坐了。」

路揚搖頭說：「放心吧，她都把那兩隻幻妖當兒子看了，不會帶過來的，畢竟我們不會要她性命，但會不會要她兩個兒子的命，那就難說了。」

原來如此！姜子牙恍然大悟。

包廂的木門被拉開，陳湘捧著滿滿兩托盤的食物，姜子牙都不知道她到底怎麼開的門。

她一邊放食物一邊對路揚和姜子牙說：「先給你們上飲料和現成的小點心，我再去下點麵給孩子們吃，你們倆乖乖吃東西，其他事情交給大人去說就好。」

說完，還摸摸兩個「孩子」的頭，彷彿眼前是兩隻三歲娃兒，而不是人高馬大的男大學生。

姜子牙略感尷尬，路揚卻很是習慣，毫無障礙的一句「謝謝陳姨」，然後開始吃東西。

從小被清微宮長輩團包圍的孩子就算念到大學，被人摸頭當小孩看也是毫無心理障礙。

一旁的大人像是熟識的朋友般聊了起來。

劉易士捧著自己的咖啡，好奇地看著對面的飲品。

「你那飲料看起來挺特殊。」

「此為六清，以水漿醴涼醫酏調成，現今已無人飲。」

「春秋戰國的飲料？」劉易士笑舉咖啡杯說：「什麼時代的人喝什麼樣的飲料。」

聞言，東皇太一也笑了，「一路從六清到飲茶，茶飲又成咖啡，哪個時代不都待過嗎？」

姜子牙安靜吃飯，聽到這對話內容，感覺真不太對，而且他家老闆說話這麼文縐縐了？

抬頭一看，這是他家老闆的臉沒錯，雖然正正經經的表情很不符合老闆的個性，摘下眼鏡又一臉正經地穿著古服，乍看還真的像個俊美的古老神明，那臉真是越看越覺得不像傅太一……

東皇太一看過來，欲言又止。

「子牙！」一路揚一拍他的肩，低罵：「別亂看，低頭吃飯！」

姜子牙一凜，立刻埋頭苦吃，他現在的狀態是飯可以亂吃，眼睛不能亂看！

這時，門突然被拉開來，陳湘笑道：

「最後一位客人也到了。」

節之二：落塵

「各路大神你們要瓜分地盤的話，可以不用算本小人物一份，我只要我家那個蝸牛居就夠了，喔還有，不准動我兒子們！」

御書站在門口，皺眉看著房內的狀況。

神父、道士和神仙都齊全了，這是要搞事情啊！

自古以來戰爭只有兩大理由，宗教或搶劫，或者兩個一起來，傳教順便搶劫。

尼瑪，早知道就帶刀來了，不是有危險，只是覺得自己輸了。

御書走到矮桌剩下的空位，坐下來後狠瞪對面的鄰居。

「呃，又牽扯上妳，真對不起啊。」姜子牙只能尷尬地道歉。

打從他躲小雪躲進對門鄰居家後，御書好像就不斷被他牽扯進來，他還擅自把人家的兒子升級。

御書臭著臉說：「你可以更有誠意一點，例如把我的電話號碼和通訊軟體都刪掉，然後發誓往後都不敲我家的門！」

姜子牙真不敢，這次若沒有管家和管庭，說不定真的要死好多同學啊！

「不要怪子牙。」路揚皺眉道：「這次的事情算我的，與他無關。」

御書翻了個大白眼，沒好氣地說：「都算都算可以了吧？我一起算在你們兩個人的頭上！記得啊，你們統統欠我好多人情！」

欠人情債對道上人來說不是一件小事，但路揚想想，姜子牙上次欠債的結果就是當跑腿雜工，這還是在御書知道姜子牙有真實之眼的狀況下，想來這債應該不太需要擔憂吧？

「御書女士。」劉易士拉過話題，免得兒子的債越欠越多，說：「多謝妳抽空過來。」

「呃，女士這詞聽得我頭都疼了，叫我御書就行了。」

原來不是只有他聽見的時候會臉皮抽搐！姜子牙暗暗點頭。

劉易士點頭答應：「那請叫我路易士就可以了。我們現在可以開始正題了，不如就從你開始吧。」

他笑吟吟地看向傅太一。

「或許你可以交代一下，當時為何會在那個界裡面。」

東皇太一放下杯盞，抬頭一笑，姜子牙突然覺得超級眼熟，這不正是老闆每次想偷跑前的笑容嗎？

傅太一笑咪咪地說：「我反而覺得是我該問你們怎麼會出現在那個界裡，還在裡面除妖呢？難道你們不知道那是妖的界嗎？」

真的不知道！三人的臉色都變了。

「啥界？」御書聽得滿頭霧水。

姜子牙跟她仔細解釋：「一個很像真實世界的界，裡面會落下很多灰塵，整個界都霧茫茫的。」

「落塵世界？」御書臉色一變，似笑非笑地對傅太一說：「那個界啥時變成妖的界了？你決定的？」

見到似乎有知情人在場，傅太一心中一驚，立刻改口：「好吧，那不是妖的界，我當然也不能決定，但那個界存在已久，之前子牙和路揚就曾經進去過，我當時也在那裡，這一次也是感覺到有入口被打開，我才進去看看。」

聞言，御書冷哼一聲，得意洋洋地看向路揚和姜子牙，一臉「你們又欠我一個人情啦」。

路揚摸摸鼻子認了。御書若不在這裡，他們真的只能讓傅太一隨便忽悠。

「那你為什麼要阻止我們殺那個女學生呢？」劉易士繼續逼問：「當然，那個女學生肯定是假的，因為真正的她早已被害身亡了。」

「那你又為什麼這麼輕易就讓我阻止呢？」

兩人都笑臉吟吟，看得姜子牙和路揚有股衝動想揍掉自家老闆和父親的笑臉。

卡滋卡滋……

所有人轉頭看向聲音來源，御書正咬著洋芋片，雙眼放光地看著現代神父與古代神明的對決，這麼千年一遇的畫面不取材怎麼行！

「妳哪來的洋芋片？」

姜子牙瞪大眼，陳姨可不會端洋芋片這種零食上來。

「我路過超商的時候順便買的。」

御書繼續卡滋卡滋，惱人的程度和笑臉有得一拚。

「你們兩位繼續啊，別停下來，我有些新角色可能用得上你們這種笑面虎和狡詐狐狸，快繼續針鋒相對，我的稿子寫不寫得出來就靠你們啦！」

「我們直接開誠布公吧？」笑面虎爸爸劉易士提議。

狡詐狐狸傅太一面無表情地點頭，直接交代：「雖然是女學生的外貌，但她其實是名幻妖，才剛出生竟已經成虛，這狀況非常少見。我和妖頗有淵源，見不得無辜的妖被殺害，當然，如果她有傷人，那就另當別論，但她有嗎？」

劉易士倒是搖了頭，他眼睜睜看著對方「出生」，她根本沒機會傷人。

「那你們又為何在界裡？」傅太一不解地問：「雖然那界有多個入口，但要進去卻也不是件簡單的事。」說完，他隱晦地看了御書一眼，這女人似乎對落塵世界頗有了解。

這說來話可長了，但劉易士還是把事情快速說過一次，畢竟矮桌四邊就有兩邊不明事件過程，這實在很難以說下去。

聽完，傅太一怒極反笑。

「一個兩個的都想利用古老的界來為惡，從未想過如此巨大且真實的界究竟是如何又為何架起來，若是誤觸禁忌，他們螳臂擋不了車，死不足惜，就怕還要牽累甚廣！」

姜子牙看了看自家老闆，總覺得他講話文縐縐的時候，不知是否神色認真的關係，看起來特別不像他。

劉易士嘆道：「說的是，雖然那界乍看沒有什麼危險，只是一個飄著絮塵的世界，但不知為何令人感覺非常不祥，只怕犯案的人不會只利用這一次，今次他造出一個『李瑤』這樣的幻妖來，我想這應該不是他的主要目的。」

「是。」傅太一同意，「就是不知他為何造出『李瑤』，費這麼大工夫造出來，卻又放著不管。為以防萬一，我已經把她藏起來，保證對方找不到她。」

這話同時也是告知劉易士，他沒打算把李瑤交出來，幸好，劉易士也不在乎，雖然是成虛的幻妖，但世上多的是更危險的妖，他不需要為此跟九歌槓上。

這點，阿路師可是交代過的，九歌雖多古怪奇人，但還算誠信，沒有必要就不需對上。

「是實驗吧。」

御書咬著豌豆黃，毫不淑女地從牙縫擠出話來，她早就放棄洋芋片了，這中式小點實在太好吃啦！她不該看低桌上的小點心，實在是以前踩過太多次雷，中式點心真的不容易找到好吃的，很多真功夫都失傳了吧。

幸好姜子牙跟她說這個好吃，記他一大功！

兩男人轉頭瞪著她。

「什麼眼神啊？別小看我，我可是個作家來著，故事劇情想過千千萬萬種，這一聽就知道是在做實驗啊！」

御書不會告訴眼前這兩人，自己在正式造出兩兒子前，也做過實驗，當然，實驗對象是一些小昆蟲，她可還沒泯滅良心。

「妳之前傳訊說對方想讓七大不可思議成真？」劉易士仔細問道：「我覺得這點非常可信，可以請妳再多猜測一些嗎？例如他為何要這麼做？」

「聽你們說完整個來龍去脈後，我是有一些猜測。」

御書遲疑了一下，還是開口說：「若李瑤真的是個實驗品，以她被造出來的方式，我在猜，他想藉此讓某人真的『復活』，而不是做一個假的幻妖出來，要知道，就算是虛，也不可能走在光天化日之下。」

這話一出，在場的人臉色都變了，先是覺得荒謬，但細想整件事情，發現御書說的話竟很有可能是真的！

「比較奇怪的是廢棄校區的傳說，內容只說明一樓樓上去會出現不存在的第九樓層，但九樓有什麼東西都沒說，更壓根沒提到復活這件事，不知道是因為太突兀，很難安排進校園傳說，還是別的什麼緣故。」

御書抓了抓頭，苦思劇情還有哪邊不對。

「而且，目前有一個傳說完全沒發生。」

路揚和姜子牙互看一眼，異口同聲地說：「圖書館的第十三排禁書書架！」

御書點了點頭：「復活、天使墮落成魔和禁書，這些詞在我聽起來是很有關聯性的，至於實際狀況是怎樣，你們就得自己查了，我只負責猜測，不負責驗證。」

「這樣就夠了。」劉易士由衷地說：「妳真的幫助良多！」

「我的兩張證明書呢？」

御書伸手要酬勞，這可是重中之重，要不然，她可不想來蹚這灘渾水，對方顯然是要鬧大的，而她家管家管庭出手破壞對方的好事，怎麼想都很有可能被報復啊！她還是拉緊兒子躲家裡最保險。

劉易士當然會遵守諾言，人情債不可欠，他立刻跟傅太一要來紙張當場立證明。傅太一思考了下，取來的紙張並非白紙，而是一張古色古香的頁箋，約莫兩手掌大小，上頭已蓋著一個玄色古字體章。

「此章為九歌。」他解釋。

御書收到證明書，雖然是劉易士當場手寫的，但是上面有三個證明章，花式英文簽著「路易士．杭特」，中文書寫體單一個字「剔」，還有個九歌古體章，東西方外加神祕勢力，這保護簡直不能更全面。

御書滿意了，於是決定多出點嘴。

「你們最好想辦法管控網路，不要試圖掩蓋，因為出了這幾條人命，壓根不可能蓋得過去，不如多發一些亂七八糟的校園傳說、連續殺人案，真真假假，徹底弄混這灘水，不要讓人把那七個不可思議傳說記得太清楚。」

路揚覺得可行，立刻記錄下來，除了傳給胡立燦，還找上一些擅長電腦的朋友幫忙操作。

「真是厲害！不愧是小說作家。」傅太一恢復笑咪咪的臉：「加個好友吧？我可是妳的讀者啊！」

看著對方的古老神祇衣飾，御書略感無言，自己的讀者群範圍也算是無遠弗屆了吧！

一個點頭後，乏善可陳的好友欄就多了幾個人：東皇太一、東君、司命和湘夫人。

沒湊齊九人，是不想曝露確切人數，或者純粹其他人沒興趣加好友？作家職業病晚期的御書咬著蓮蓉糕思考「劇情」，但這時突來一聲手機響。

司命：請多多指教，我很喜歡妳的書，太一有幫我要簽名嗎？

御書決定跟司命做好朋友。

包廂內僅有兩人，陳湘調製六清，雖然這飲品的味道並不算太好，之所以會泯滅在歷史長河中絕不是沒有緣故，但對九歌的人來說，喝起來卻總有種特別深遠的思懷。

「御書到底是什麼來路？」傅太一喝著六清，沉吟：「她看起來竟對落塵也頗了解。」

「或許比我們更了解。」

陳湘輕聲說：「明明連這次的校園傳說事件都能勾起她的好奇心，但對於落塵，她問也不問，甚至都沒有多提一句，刻意地避開話題。」

聞言，傅太一沉默良久。

「該離她遠點，還是靠她近點？」

節之三：歸家

「進來吧！」

御書招呼姜子牙進自己家門，後者一怔，也就隨著進去。

雖然天已經大亮，奔波整晚照理說是該累了，但因為發生太多事情，姜子牙反而沒那麼想睡，去聽聽御書想說什麼也好，說不定有些話，她不好當著其他人面前說，才想單獨找他。

一進門，御書就看見一抹身影匆匆閃進房間，華麗的金邊白色衣角一閃而逝。

管家則站在客廳，先是背對著門口，隨後立刻回過身來，正要迎接主人時，看見姜子牙，愣上一愣，笑說：「姜子牙，歡迎你來。」

御書朝裡邊喊：「管庭你躲什麼躲，給我出來！」

平時用這種語氣跟管庭說話，他能反駁一百句，但現在，他只是訕訕然地從書房走出來，話都不敢多說一句。

姜子牙總覺得管庭好像哪邊略有不同，整個人的模樣是沒變，但似乎更像個真實會出現在身邊的正常人，而非雜誌模特兒修圖都快修成仙的感覺。

管家之前也有過這樣的轉變，再想起昨晚發生的事，姜子牙有種不妙的預感，瞪大眼看向御書。

「是，就是你的傑作。」

御書都無力吐槽了，懶懶地拍兩下手掌，說：「厲害厲害，我就派兒子去看個狀況，誰知道回來就成虛了，這效率高得真是讓人只能呵呵——」

聞言，管家和管庭的臉色都變了，兩人垂著頭更不敢開口。

「你們兩個真當我沒有發現啊？」

御書發現的當下也是無奈，但因為知道管庭遲早會成虛，所以也不是太吃驚，就是有點佩服對門鄰居的能耐，不如開個「百分百讓幻成虛」直升補習班吧？肯定很有賺頭啊！

「真的很對不起！」

姜子牙也是無奈，但接連讓人家的兒子升級，而且每次都是為了救與他有關的人，他真的沒辦法說自己又不是故意的，哪怕這是事實。

「罷了。」御書一揮手，不打算糾結這點遲早的事。她遲疑地說：「有件事我有點懷疑，但只是猜測，沒從故事中聽出有力證據來佐證，所以單獨提醒你一下，你自己看看要怎麼做吧！」

姜子牙點了點頭。

「那個社團在探索校園傳說之前正好拉到你進社團，我覺得這未免太巧了，很不可信，或許已經有人發現你的特殊，而且還加以利用。」

話沒說完，但搭配管庭成虛的事情，姜子牙已經懂了。

校園傳說一一成真，或許還有他的一份功勞。

「呃，我瞎猜的啦！你的臉色別這麼難看。」御書連忙說：「而且那個傢伙運用這麼多手法，就算沒有你，多半還是會成功，我只是要提醒你，以後多注意一點，不要再被人輕易利用。」

想到這次命案或許有自己出的力，姜子牙心頭沉甸甸，絕望地說：「有沒有辦法消除這個能力？譬如把左眼挖掉——」

「不要做傻事！」兩妖比御書更早驚呼。

「聽我兒子的話，別幹傻事。」御書皺眉說：「你不要小看有些道上人神經病的程度，如果對方已經知道你的能力，你把眼睛挖掉不見得能消除這種能力，卻有可能會讓有心人改找上你姐，或許還會把你抓去生很多孩子出來，賭賭看裡面有沒有人能夠繼承你的真實之眼，畢竟特殊能力很大機率是會遺傳的。」

聞言，姜子牙的臉都黑了。要不要這麼喪心病狂！

「那到底該怎麼辦？」

御書想了想，發現真實之眼的人，多半不會說出去，否則會上門搶奪的人太多了。

「只要把凶手找出來，後續交給路揚他爸處理就好，雖然你周圍一堆成虛的妖，不過總的來說，這些妖不是不引人注意，例如你家不常出門的小雪，否則就是不見得和你有關，像是我家兒子和那個李瑤。就算真的有人發現這點，應該不至於一個個都聯想到你身上。」

姜子牙想想也是，那個「李瑤」壓根和他沒關係，他都是事後才聽到路揚說發生這事。

「先回去睡一會吧。」御書語重心長地說：「等你起床後，可有一番硬仗要打了。」

姜子牙想到七個血腥的不可思議傳說或許會一再上演，就覺得頭皮發麻，只希望御書提供的烏賊戰術有效。

「那我回去了。」

姜子牙跟管家管庭打過招呼後，轉身拖著沉重的腳步打算去睡一會，然後就起床看看狀況。

「等等……」

聽到叫喚，姜子牙回過身看御書，後者乾巴巴地說：「姜子牙，你不要再進去落塵世界。」

沒料到會聽見這種要求，但姜子牙實在不敢保證，每次進什麼界都不是他自願進去的啊！不是無緣無故，否則就是逼不得已，他也想好好待在地球呀！

「我盡量。」

御書揪眉，姜子牙有點不解，還想再問，對方卻嫌棄似地揮揮手示意他「滾吧滾吧」。

瞧那眼神多鄙視，姜子牙覺得自己再待下去，可能會被氣死，還是從善如流地滾回去睡覺吧！

看見姜子牙走後，御書收起鄙視臉，眼神卻透著憂慮。

「落塵世界是什麼？」管庭忍不住好奇地問。

御書一口否決：「沒那種世界，你聽錯啦！我要去睡覺了，你們幫我注意手機有沒有其他人傳來訊息，還有把網路和新聞關於這次事情的熱門討論，統統整理好等我起床看。」

「主人打算關注這次事件？」管家感覺有些訝異，御書不是一直很不願意插手嗎？

御書有點悶地說：「對方搞得太大，我有種不祥的預感，還是關注一下，免得家門外的火越燒越旺一發不可收拾，尤其牽扯到落塵世界，這火要是燒到那邊去，誰都無法倖免。」

管庭斜眼瞥了御書一眼，正想嘲諷「不是說沒那種世界嗎」，管家卻暗暗敲了他的腰腹一記，讓他只好閉嘴。

「在睡之前，有件事必須先跟您說。」

御書有強烈的不祥預感，一時竟連聽都不敢聽，立刻摀住耳朵逃之夭夭……

管家提高音量：「葉蘿編輯讓我轉述，下禮拜再不交稿，她就要來睡妳的床，反正妳只能坐在椅子上寫稿子，壓根用不著床。」

「……我什麼都沒聽見！」

姜子牙回到家，姐姐姜玉正在餵兩個孩子。他一走進來，兩個女娃就高喊：「哥哥！」、「哥哥回家啦！」

轉頭看見姜子牙，姜玉鬆了口氣。

「你們學校居然出命案，新聞報得好大呢，如果不是看見你傳訊息說要跟路揚去吃早餐，我真的會緊張死。」

姜子牙連忙說：「沒事啦，有路揚在，那傢伙從小跟著阿公練，身手超好，要是歹徒敢找上我們，一定被他打得落花流水！」

姜玉咕噥：「再好也抵不過刀槍，我看你最近乾脆請假不要去上學，一次出這麼多人命，太恐怖了！」

聞言，姜子牙想了想，請假似乎不是壞主意，說：「不然就請一個禮拜的假好了，命案鬧這麼大，我看教授也不好上課，可能會一直說到那些事，我還不如去九歌書店上班自己看書。」

話是這麼說，但請假後實際要去做什麼，恐怕就不是他說了算。

姜玉很贊同，反正她就沒擔心過弟弟的課業，唯一擔心的是姜子牙因為家計不肯繼續念研究所，這兩年可得努力鼓吹他！

「姐夫呢？」

姜子牙有點意外沒看見姐夫江其兵。對方開了工作室，一般都不需要這麼早就出門上班，尤其當他發現「工作室」的真面目時，江其兵更是連掩飾都不掩飾了，反正姜玉幾乎是老公說什麼就信什麼，就沒見她有過質疑。

姜子牙覺得幸好姐夫是個好人，不然就他姐這德性，只有被渣男騙得團團轉的份。

「他一早就出門了。」姜玉果真不怎在意地說：「好像有個老闆特別麻煩的樣子。」

小雪吃下姜玉餵來的一勺食物，朝姜子牙伸手說：「哥哥，要尿尿！」

姜子牙可不覺得小雪這尊娃娃真的需要尿尿，他抱起小女娃就朝廁所走。

「哥哥，你是不是又做什麼了？」

小雪大眼圓瞪，女孩氣呼呼的小模樣，看起來十分可愛。

姜子牙摸摸鼻子，問：「我怎麼了？」

「新聞有播影片啊！那兩個明明就是對門的哥哥，而且在他們出現之前的尖叫聲好恐怖，連江姜都嚇到了！」

姜子牙不得不承認：「有人利用一些校園傳說殺人，我好像被牽扯進去了。」

「果然又出事了，這幾天我跟你一起出去。」江雪氣嘟嘟地說：「家裡放個假的我就好了，江姜不會拆穿我。」

隨即她又有點不安地說：「至少現在還不會，我覺得江姜有時候好像不認識我，不過這應該是好事啦，她越來越像普通小孩子了。」

姜子牙一聽倒是鬆口氣，雖然感覺有點對不起小雪，但是江姜越來越正常還是一件好事。

小雪摟著姜子牙的脖子，嘟嘴說：「爸爸說，等江姜上幼稚園，我就裝病在家不去，可是等到上小學，他就沒辦法了。」

姜子牙安慰道：「還有好幾年呢，就算不能成真，也一定能想出辦法來。」

「嗯！」小雪用力點頭，隨後把頭埋在姜子牙的肩窩，撒嬌道：「我要跟哥哥一起去睡覺！」

小雪好像也更像小孩了！姜子牙突然感覺放心了點，或許，家裡遲早會有對真正的雙胞胎吧？

跟姜玉說了一聲後，姜子牙抱著小雪回房間上床睡覺，雖然抱起來完全不像真正的小孩那樣柔軟溫暖，但也莫名讓人有些安心。

若是放在幾個月前，有人跟姜子牙說，他會抱著一隻說話的娃娃安心入睡，他一定覺得對方是個瘋子。

現在，他覺得整個世界都瘋了，想想就頭疼，還是睡覺吧！

牙牙……

姜子牙迷迷糊糊地聽見呼喚，這是在叫他？但沒有人會叫他牙牙，這種稱呼只會拿來叫小孩子吧！

要是路揚敢這樣叫他，立刻絕交沒話說。

轉頭一看，一名女性正低頭看他，對方一頭烏黑秀髮垂了下來，有幾撮掉在他的耳邊，搔得姜子牙的臉有些癢癢的。

但始終看不清臉，彷彿那張臉上蒙著一層迷霧根本看不清，只直覺她很漂亮，但不知為何笑容帶著點苦澀，她輕輕推了推姜子牙。

「牙牙，不要睡了，跟媽咪說說話嘛！」

姜子牙一怔。這是媽？

他努力眨眼想看清對方的長相，家裡是有一些母親的照片，但是都已年代久遠，泛黃陳舊，而且都不是近照，那容貌只能看個大概，並不真確。

「媽媽？」

女人的雙眼亮了，那瞬間，臉上那層迷霧彷佛被揭開了，容顏盡現，真是一個笑容柔美溫潤的女性，不知是否因為是自家母親，姜子牙覺得她就是特別漂亮！

牙牙醒了，就起床囉——

「快點起床！」

耳邊傳來叫聲，差點把姜子牙震聾，他嚇得彈坐起來，睡意瞬間消散，朝上一看，哪能看到什麼人，就只有天花板而已，打從青春期後，就沒什麼人可以讓他抬頭看了。

連忙改成低頭，小雪就趴在旁邊，睜大眼說：「哥哥，你睡得好熟喔，叫都叫不醒，之前你的手機響了，媽咪讓我叫你起床接電話，可是你都叫不醒，媽媽說先讓你繼續睡，之後再打回去就好，後來又響了，媽媽就讓我叫你接電話，順便起床吃個飯。」

姜子牙抹了一把臉，問：「我睡多久了？」

小雪說：「要吃晚飯囉！」

什麼？姜子牙嚇了一跳，看時鐘，果然已六點了，自己竟睡了這麼久！

他連忙衝到桌邊拿起電話，上頭顯示的未接來電足足有五通，前面四通全是路揚打的，最後一通則是劉易士。

通訊軟體上，路揚還發來一則訊息：我去找你。

這已是一個半小時前發的訊息，但從清微宮到姜子牙的住處最多就半小時車程。

姜子牙先回撥路揚的電話，始終沒有人接，最後只好改撥劉易士的電話。

「子牙嗎？」

電話一接通就是劉易士略帶焦急的聲音。

「路揚在你那裡嗎？我一直打不通他的電話。」

姜子牙的臉色一變。

路揚不見了？

CH.3 開始了

節之一：禍起

劉易士本來沒注意到兒子不見了，父子倆都是能獨立作業的人，分頭進行要來得快速許多。

路揚在臺灣的資源多，他去聯繫關於網路的援助，劉易士則負責和胡立燦互相支援消息。

劉易士讓胡立燦把重點放在社團上，那個社團實在太過可疑，絕對是首要必查的重點。

一查果然有問題，社長徐喜開是上學年才轉學過來的轉學生，他和簡志是同系同學，徐喜開初創社團時，第一個社員就是簡志。

肯定是為了那隻天使守護靈，徐喜開才接近簡志，劉易士不認為徐喜開有可能無罪，他創了這個社團，一手主導活動，絕對有關聯！

但會是主謀嗎？劉易士皺起眉頭，他沒見過徐喜開，但路揚說，對方的年紀看起來和他差不了多少，就算不是真的大學生，絕對不會超過三十歲，這還是保守估計，其實他覺得對方最多就二十五歲。

如此年輕，能夠獨立做出這次的事件？

「沒法抓人。」胡立燦在電話中老實說：「雖然我們都知道是怎麼回事，但他明面上沒做出什麼事，就算真的是他殺死李瑤，我們根本沒證據，不可能用這個理由抓人。」

劉易士很明白，如果是在國外，他還能動用一些關係，哪怕用「配合調查」這個名義先把人帶進小黑屋都行，然而在臺灣卻沒辦法——應該說，他不認識有辦法的人。

更何況，他很懷疑現在真的還能找到這個「徐喜開」嗎？

「你幫我多多調查這個徐喜開的背景，他跟誰接觸過，我懷疑他可能不是主謀，要做到這些事非常不容易，不像是他能獨力犯的案。」

胡立燦一聲「了解」後掛斷電話。

劉易士把簡志的資料放到一旁，翻看著下一份資料，第一頁赫然出現林芝香的學生照。

他沉吟，思考這名擁有咒詛能力的女學生會加入這個社團是巧合呢，還是另一椿算計？

但這名女學生還認識李瑤，劉易士覺得世上沒那麼多巧合，林芝香肯定和整件事有關。

這時，岳父卻跑進來，嚇得他立刻站起來，規規矩矩地打招呼。

阿路師卻說：「阿士喔，去找找小揚。」

「小揚在姜子牙那邊。」

雖然查資料查得天昏地暗，但劉易士卻還是記得不久前，路揚有點焦躁地跑來說姜子牙都沒接電話，他打算過去看看。

雖然，劉易士覺得很有可能是因為昨晚太累而睡死了，或者睡覺前手機忘記充電，但一想到真實之眼，他又不是那麼肯定，也就沒開口阻止兒子過去。

「剛才我經過老君的面前，大香直接攔腰斷掉！那香是小揚早上插欸。」阿路師皺眉說：「感覺有代誌，你先找他。」

聞言，劉易士也覺得緊張了，雖然主是唯一的，但他不能否認自己確實多次直接或間接察覺老君的存在，而且對方還挺疼愛自家兒子！

小時候，路揚想留在臺灣，其中一個理由就是想待在老君身邊。

除了岳父岳母，還得跟太上老君搶兒子，劉易士覺得自己做爸爸做得很艱難。

劉易士連忙拿起手機就打路揚的電話，仍舊沒有人接，但他還不算緊張，或許在騎車呢，等再打了兩次電話，過一陣子還是沒回電，他就真的緊張了！

路揚向來重視電話，幾乎做到隨時隨地都不會漏聽電話鈴聲，畢竟他們的行業有時真是人命關天，一通兩通可以說正在騎車沒辦法接，但打到三通，路揚就算在騎車也會停下來看手機。

劉易士果斷開始打姜子牙的電話，結果還是沒打通，他真緊張了，站起身就要去找人。

阿路師卻壓著他的肩，力道沉而有力，隨後電話響了，劉易士低頭一看，那是姜子牙的回電，劉易士連忙接起來詢問路揚是不是在他那裡。

「路揚不在我這，我看到他的訊息說要來找我，可是到現在都還沒到！」

劉易士的心沉了下去，說：「你先別急，不要出門，就待在家等我消息，不要連你也失蹤，那我就真不知道該上哪找人了。」

電話那頭傳來無力又懊惱的回應。

「岳父，可以幫忙找小揚嗎？」

阿路師手指一捏，沉吟：「不是嘸代誌，但是應該也嘸性命危險，沒啥要緊，你自己去找就好。」

劉易士欲哭無淚，倒是知道阿路師其實很看重小揚這唯一的孫輩，只是心放太寬而已。端看路揚從國中就開始當助手，結果助手頭銜才維持半年，阿路師就把助手踢出去轉正職，就知道這個外公是真心寬啊！

太多案件做不完，我會挑簡單欵工作給小揚。這是阿路師的原話。

但是聽到沒有性命危險，劉易士還是鬆了口氣，阿路師不輕易開口，一說話便是可信的。

彷彿為了驗證這話，電話響了，上頭顯示的電話正是路揚。

劉易士連忙接起電話，「寶貝兒你在哪?怎麼這麼久不接電話?」

「……」對方沉默了好一會兒，說：「請問是路揚的家屬嗎？這裡是醫院。」

劉易士心一驚，卻沒耽擱正事，立刻回答：「是，我是他的父親。」

「你兒子出了車禍，現在人在醫院。」

哪怕手都在發抖，劉易士還是冷靜地問：「有生命危險嗎？」

「詳細情況還不知道，請盡快到醫院來一趟。」

劉易士一聲「我立刻過去」，隨後掛斷電話，抬頭就看見阿路師了然於心地說：

「果然出代誌啊？」

「出車禍。」劉易士現在特別感謝岳父先來說了一句「沒有生命危險」，否則他真的會被這消息嚇掉半條命。

聽到是車禍，阿路師皺眉，說：「小揚的警覺和身手都好，騎車也規矩，不應該出車禍，你要查看是啥緣故。」

聞言，劉易士點頭，雖然知道沒有生命危險，但做爸爸的還是擔憂，隨即表示要立刻過去醫院。

「我載你去。」

阿路師看著這外國郎女婿，心知他只是強作鎮定，若是自己開車出去，說不定一個不小心，傷得比路揚還重，女婿可沒有孫子的身手矯健。

等到醫院，路揚人還在手術室，著急的爸爸和老神在在的爺爺只能等在外頭，劉易士為了轉移目標讓自己不要那麼心慌，接連打了幾通電話安排事情。

「把那個孩子叫來。」

劉易士一臉懵，隨後才明白阿路師口中的孩子應該是指姜子牙，連忙點頭打了通電話給姜子牙，告知路揚出車禍的事，對方嚇得說馬上過來。

劉易士立刻體會阿路師送他過來的苦心，這慌亂的語氣能開車嗎？他只能一再囑咐：慢慢騎車，不要著急，阿揚沒事，只是還在手術室過來也看不見云云。

安慰好一番，這才放心讓姜子牙過來。

掛斷電話後，劉易士不解地問：「岳父為什麼突然想見姜子牙？」

「看他和路揚湊在一起是好是壞的情況有變無。」

聞言，劉易士既放心又擔心，阿路師願意看看當然是好，不管看出好或壞，至少心中有個底，擔心的是，阿路師願意看，那肯定是大事……

懷著糾結的心情，劉易士沒多久就等到姜子牙過來，對方氣喘吁吁，一看就知道有多著急。

姜子牙一看見劉易士，立刻問：「路揚他怎麼樣了？」

「他沒事，護士說大多傷在手腳，應該沒有生命危險。」

姜子牙鬆了口氣，這時才注意到劉易士身旁的老人，瞪大眼，立刻打招呼：「阿公你好！」

阿路師卻只是上下打量姜子牙，最後視線停留在左眼上，他原本就常年皺著的眉頭皺得更深了。

「真奇怪。」

姜子牙一怔，對這三個字有些不知該怎麼回應，只能看向劉易士。

劉易士示意他稍安勿躁，乖乖站在那裡讓阿路師看，多少人求看都求不到呢！

姜子牙只能乖乖站著給看，偶爾望向手術室的方向，只是不像來之前那樣心急如焚，路揚的爸爸和爺爺都還老神在在地打量他，路揚應該不至於有大事吧？

站著給看的尷尬時間沒持續多久，手術室的燈滅了，隨後醫護人員三三兩兩地走出來，劉易士立刻站起來走向醫生。

「不要擔心。」醫生笑說：「左手上臂骨折的狀況沒有很嚴重，傷患很強健又年輕，雖然有點失血，補一補不會有多大問題。」

聞言，劉易士和姜子牙鬆了口氣，連忙感謝醫生，隨後就看見路揚被推出來，大概是因為戴著安全帽的關係，臉部倒是沒有什麼傷口，狀況果真看起來不差，簡直就像是睡著而已。

「子牙你陪陪路揚。」劉易士看了手機一眼，「我去查查到底是什麼狀況，小揚騎車很謹慎，反應又快，應該不會無緣無故出車禍。」

姜子牙一聽，脫口：「有人故意撞他？」

「只是覺得不對勁。」劉易士拍了拍姜子牙，「你別多想，幫我照顧好小揚就好。」

隨後，他看向阿路師，還來不及問，對方就說：「我帶你去。」

劉易士一聽就知道岳父是有話要跟他說，否則載他來醫院看路揚已屬難得，還載他去調查？簡直想都不敢想！

姜子牙愣愣地看著劉易士和阿路師快步離去，心裡總覺得好像哪邊不對，不過想想還是照顧路揚重要，也就低頭跟著病床走了。

推著的護士好奇地問：「你是他的兄弟嗎？你們長得不太像呢。」

姜子牙連忙澄清：「只是朋友而已。」

「呃，那患者的家屬呢？」

「……剛走掉了。」

姜子牙突然明白哪邊不對，他壓根就不是家屬啊喂！就這樣把路揚丟給他照顧是對的嗎？

兩位父親和爺爺，你們的心未免也放得太寬了吧！

「岳父……」

劉易士有點忐忑不安。

剛才岳父一句「真奇怪」嚇到他了，看見兒子的狀況沒大礙，那臉色還比姜子牙紅潤點，他就想找個藉口離開問問阿路師到底是哪邊奇怪，只希望不要又是不能說的事情。

結果阿路師說要載他，明顯地主動想說——更讓人驚嚇了啊這點！

劉易士心中顫抖，結結巴巴地問：「您、您當初說小揚和姜子牙這兩個有少見能力的人湊在一起，不是大好就是大壞，現在莫非是……」

他不敢說出口，語言有時也是種能力，或許差一點契機就朝好或壞的方向狂奔不止，當然不能把壞事說出口！

「和那嘸關係！」阿路師一口否決。

劉易士一口血梗在喉頭，但眼前的人是岳父，噴對方一臉血什麼的，打死也不能做，那口血嚥嚥硬吞下去就是了。

阿路師瞥了女婿一眼，似乎覺得自己做得有些不地道，補充說明一番。

「那是好是壞尚嘸定數，變數真多，到今嘛也看不準。」

劉易士覺得自己並沒有被安慰到。

「只是那個孩子的能力增強太快，看起來不太對勁，正常是不會這麼快，你卡注意咧。」

劉易士疑惑地問：「或許是因為他最近踏入裡世界，看見太多事情？」

阿路師只是搖頭，這讓劉易士開始思索這和自家兒子不知有沒有關聯性？畢竟姜子牙最常接觸的人就是路揚。

「去哪？」

「啊？」劉易士沒反應過來。

阿路師一個巴掌朝女婿的後腦拍下去，「你要去哪啦？我講載你去就是載你去，你當作我講白賊話？」

劉易士連忙說：「不敢！要去警察局。」

「走！」

劉易士只能乖乖跟上岳父的……跑車，大紅流線款。

然而行駛速度慢悠悠的，完全不像跑車，根據小春嫂的說法，阿路師年輕時候也是油門踩到底能有多快，他就敢有多快，但等到女兒出生以後，他就不敢了，深怕女兒有樣學樣，到時小春嫂能不沾醬生吃自家老公。

等女兒被女婿拐到國外後，阿路師故態復萌，時速破表，一天到晚收罰單和小春嫂的碎碎念。

再來就是小路揚回國跟阿公阿嬤住，阿路師的時速再次降低，一路保持至今，雖然路揚已長大，不會再有樣學樣，但他和小春嫂合謀，警告阿路師，阿公敢開多快，孫子就敢騎多快！

鬱悶的阿公用慢悠悠的時速報復孫子，奈何孫子有一顆沒叛逆過的心，阿公開多慢，他就騎多慢，一點意見都沒有。

開到警局，劉易士一下車，都還來不及回頭問一聲，跑車已經一溜煙開走了。

對於這麼有性格的岳父，劉易士也是沒轍了。

轉身進入警局，胡立燦已經在等他了。

「你要的監視器畫面搞到了。」胡立燦關心地問：「路揚沒事吧？」

劉易士搖頭說：「左手骨折，其他都小傷。」

聽到傷勢不重。胡立燦鬆了口氣，他可已經看過監視器畫面，只有這點傷勢算幸運——不，應該算路揚厲害！

「來這邊看。」胡立燦朝劉易士招手。

電腦螢幕播放車禍的影片，角度很不錯，整個過程拍得很清楚。

看到監視器上的畫面，劉易士臉都黑了。路揚規規矩矩地騎車綠燈前行，卻有一輛車闖紅燈疾行而來將他撞飛出去，隨後駕車逃逸，完全沒有停留的意思。

短短十來秒的影片一下就播完了，但胡立燦伸手操作了一下，畫面重播，這一次的播放速度是以慢動作播放。

只見撞擊之前，車子非但沒有煞車，甚至還加速前進，幸好在撞擊的前一秒，路揚似乎有所察覺，車尾一擺避開正面撞擊，卻免不了被掃中，這才飛出去。

幸好路揚戴著專業的安全帽，飛出去時立刻縮手抱膝，最後在地上滾動卸力，否則這撞擊力道不死也去半條命，所以胡立燦才說路揚厲害。

「是故意的？」劉易士輕聲問。

胡立燦點頭說：「應該是，而且車牌變造過，這車牌號碼的車子型號根本不是這輛車。」

劉易士斟酌道：「路揚經手過的道上人案子不多，就算有結些仇怨，應該也不至於突然開車撞他。」

「果然和這次案子有關吧！」

胡立燦不意外，一收到劉易士發來的訊息說路揚出車禍，他反射性就覺得和這次案子脫不了關係，否則這時間點也太過巧合，所以他連命案現場都先放下，直接跑到車禍地點去找附近的監視器畫面。

「我派一位警員去守著路揚吧？」

劉易士皺眉，本想說不用，但又想到這次道上人這麼胡來，說不定持槍殺人都敢做。

「派那個在現場總是第一個有動靜的員警過去。」

「方達是吧，沒問題。」

胡立燦扭頭就打了通電話讓方達立刻過去醫院，然後他拿來一牛皮紙袋，掏出照片散了一桌子。

「這是大學命案現場的照片，現場又是一堆亂七八糟的圖騰，這該不會真的是什麼國外的詛咒法陣吧？」

劉易士仔細翻看一張張照片上的「詛咒法陣」，眉頭緊皺，這圖倒也不是沒有根據，明顯是由七宗罪的圖騰當基底畫出來的陣，但跟詛咒法陣可沒有什麼關係，而且案件本身跟七宗罪的關聯性也極低，再加上天使、校園傳說，簡直像是個傳說大雜燴。

看見劉易士皺眉思考，胡立燦也不敢打擾他，靜靜等候，但是一通電話讓他整個臉色大變。

見狀，劉易士也知道又出事了。

掛斷電話，胡立燦苦笑道：「命案現場的照片流出去，配著七大不可思議校園傳說上了新聞。」

劉易士臉色一變，「為什麼沒跟媒體先打招呼？」

胡立燦抹臉說：「打過招呼了，可是網路傳得到處都是，還配著命案現場的照片，內容很聳動，一些小新聞臺早就報得沸沸揚揚，大新聞臺根本不可能不跟著報。」

劉易士皺緊眉頭，想起御書的猜測：對方想讓七大不可思議成真。

看來，這已經不是猜測了。

節之二：社長

「囝仔，卡小心耶，看清楚。」

聽見熟悉的聲音提醒，路揚瞬間張開眼睛，連剛醒來的迷糊感都沒有，他右手雙指一個併攏，想將剔呼喚出來。

姜子牙原本正低頭削著一顆蘋果，發現動靜後抬頭看著他，不解地問：「你舉著右手做什麼？」

路揚皺眉，剔竟然完全沒有出現的跡象。

「我的剔呢？」

姜子牙滿頭霧水地說：「什麼剔？你撞壞頭了嗎？醫生明明說你只是撞傷手而已。」

路揚一怔，怒道：「少在那邊裝神弄鬼，你以為我會陷在區區的界裡嗎？竟以為幻象可以阻擋我召喚剔，我和剔之間的連結無界可阻！」

路揚隨即念道：「天地自然，穢氣氛散，八方威神，斬妖縛邪，凶穢消散，道炁長存，急急如太上老君律令敕——」

這一次不再毫無動靜，半空出現迴旋氣流，迴旋的範圍越來越大，整間病房彷佛都快被這漩渦拉進去，扭曲的房間變得十分詭譎且昏暗。

漩渦的中心突然光芒一閃，古劍憑空出現在半空中。

此時，路揚厲道：「竟敢冒充我身邊的人，剔，給我斬了他。」

姜子牙不敢置信地喊：「路揚，你真的要殺我嗎？」

路揚冷道：「你這種東西根本不是活物，哪有死的資格。」

剔衝出去，直刺「姜子牙」的心口，捅了個前胸通背後，姜子牙破成一堆碎片散落一地，整個房間開始扭曲變形，此時，路揚將剔召喚到身前守護，沒有任何妖物可以跨過剔！

再次張開眼睛，路揚一眼看見床邊竟然又出現一個姜子牙在削蘋果，他的臉色立刻變了，自己還沒出界？

這個姜子牙緩緩抬頭……一怔，無奈地說：「這麼快就醒了？你剛從手術室出來，我才開始削蘋果，你就醒了，雖然也不意外，反正你這廝都快脫離人類範疇了。」

路揚一個噴笑，放鬆躺好，懶洋洋地說：「我這廝不算人類要算啥？」

姜子牙想了想。「變態人類。」

「那還不是有人類兩個字！」

姜子牙塞了兩片蘋果在路揚嘴裡，沒好氣地說：「超人有個人字，難道就算人類嗎？」

「算！」路揚邊吃邊語音含糊地問：「怎麼只有你在這，我爸呢？」

「呃，他和你阿公有在手術室外等你，看你沒事就跑去調查了。」

這父親和阿公的心也是寬得沒邊了。

姜子牙忍不住勸道：「出太多條人命，早點調查以免又出現命案。」

路揚想了想：「我爸可能不是去調查命案，而是我的車禍事件，我不是意外被撞，對方絕對是故意撞我。」

姜子牙驚呼：「什麼？」

路揚看了看左手，問道：「我的傷勢怎樣了？」

姜子牙愣愣地回答：「就左手骨折，失血過多，醫師說不是大問題，補補就好了。」所以，他才下樓買點東西想讓路揚「補補」。

路揚看了看左手，嘆道：「著地的時候不得不犧牲左手，傷到其他地方更麻煩，只有傷到左手，至少還可以走路。」

……你這個剛出車禍的傷患到底想走去哪？

姜子牙繼續塞蘋果，沒好氣地說：「你哪都別想去，乖乖養傷啦你！」

路揚乖乖咬蘋果，「怕是很難。」

姜子牙翻了個大白眼，路揚卻搶著說：「要是繼續出人命，你還真讓我躺在這裡看著大學同學一個個變成校園傳說犧牲品？」

姜子牙一怔，揪起眉頭說：「你爸都去查了，還有你阿公也在，不是一定要你去查吧？」

「我阿公最近不常出手了。」路揚鬱悶地說：「知道太多，出手干涉會折壽。」

姜子牙瞪大眼，「那你出手不會有事吧？」

路揚搖頭，「我又不知道什麼。」

姜子牙鬆了口氣，「也是，你只會砍。」

「誰說的，我還會刺呢！」

姜子牙翻了個大白眼，最後一片蘋果塞進路揚嘴裡，隨後拿起遙控器打開病房的電視。

一開電視，頭條赫然就是大學命案，詳細地解說七大校園傳說，甚至背景還有照片，雖然打滿馬賽克，但兩人還是看出那都是命案現場的照片，沒想到居然連照片都有了！

「子牙，轉轉各臺。」路揚的臉色沉了下去。

姜子牙立刻在各大新聞臺轉來轉去，但怎麼轉都是這則新聞的報導。

「我還以為警察會封鎖消息。」

「會。」路揚皺眉道：「他們至少會跟媒體打個招呼，不要報導細節。」

但這則新聞詳細到連照片都有，明顯不對勁，恐怕是凶手放出太多消息，壓都壓不住。

「咦？」姜子牙訝異地比著電視畫面，「路揚，你看這個，這是社團拍的影片吧？那個跳樓笑臉傳說，社團有錄到掉下去的黑影，就是這個吧？」

「打電話。」路揚開口問：「子牙你有社長的電話吧？打給他！」

「我沒有啊！我都是跟簡志聯絡，可是簡志他已經……」姜子牙突然想起來，「林芝香搞不好會有，我打給她看看。」

路揚一怔。林芝香？他突然想到什麼，臉色一變，卻沒說話，靜靜等姜子牙打電話，心中已有預測。

姜子牙掛斷電話，皺眉：「沒人接。」

「那個晚上，她後來有打電話給你嗎？」

姜子牙反射性說：「沒有……」只說兩個字，他馬上變了臉色。

發生這麼大的事，林芝香怎麼可能後來完全都不聯繫！

姜子牙慌亂地看向路揚，後者沉臉說：「八成被抓走了，對道上人來說，她的能力很強也很有用，你馬上打電話給我爸，跟他說這件事。」

姜子牙急忙打電話過去。

路揚皺眉，簡志和林芝香都加入靈異怪奇現象社團，很可能不是巧合，而是有人故意為之。林芝香自認為是天煞孤星，只要布置得好，要吸引她加入靈異怪奇現象研究社這種性質的社團，並不是難事。

簡志的守護靈很強大，生活中多半會出現一些無法解釋的小事情，再加上他那種內向隨和的性格，要讓他加入社團，同樣不難。

路揚和劉易士有同樣的猜測。那個社長徐喜開一定有問題！

姜子牙吐了口氣，「你爸說他知道了，他會持續把調查進度傳過來，讓我把這些東西傳給御書，然後想辦法讓她給點推測來。」

路揚立刻贊同。「這是個好辦法，你立刻打電話給她，就算煩死她也要讓她答應推測，不要怕，電話費統統算我的！」

「……真希望住在御書對門的人是你們不是我！」

姜子牙只能硬著頭皮傳送調查資訊和打電話。

「你是不是真的很想變成吸血鬼的食物？」

御書的聲音一聽就是剛被吵醒。

姜子牙連忙解釋：「我不是故意來煩妳，只是我的同學不見了，如果不快點找出她，很可能會被拐帶走！御書，幫幫忙吧！」

「十萬——不對，這種會出人命的事情，你欠我一百萬！」

姜子牙看向路揚，後者直接比了個ＯＫ。他抽搐臉皮回答：「好，就一百萬。」

「……誰在你旁邊？」

「路揚。」

「難怪，你根本就不可能這麼乾脆答應給一百萬，早知道就說五百，土豪就是惹人厭！」

「那現在可以幫忙了吧！」姜子牙鬆了口氣，好在一開始沒說路揚在旁邊，要不然立刻虧四百萬啊！

「不行，一百萬太虧了，我不要錢了，但你日後得幫我做件事。」

聞言，姜子牙十分納悶，他不是一直都在幫她當雜工做事嗎？

僅剩一隻手的路揚俐落地搶走電話，吼道：「五百萬就五百萬，姜子牙不會幫妳做任何事！」

話筒傳來一陣笑聲，「路揚同學，你不會忘記自己還欠著我人情吧？姜子牙欠的人情可就更多了，我都不知道該怎麼跟他算，不想答應幫忙那就算啦，反正到時我用人情討也一樣，敢不還人情，你們就試試看，哼！」

電話被掛斷。

姜子牙摸摸鼻子，說：「你幹嘛跟她翻臉，只是做件事情而已，應該沒關係吧。」

路揚臭著臉說：「她沒明說是要做什麼事，到時要你做什麼，你都不能拒絕，跟她那種奇怪的傢伙訂下邀約是很危險的事情！如果她要你把那兩隻妖弄成真呢？」

「呃，我也做不到啊。」

姜子牙說得有點心虛，他好像莫名其妙把人家兩隻兒子都升級了，倒是自家小雪卻怎麼都升不了級，明明就天天相處在一起，真是搞不懂這規則啊！說什麼要相信她是真的，他知道小雪是真的啊！

路揚苦惱地說：「欠她的人情，你要想辦法還一還。」

姜子牙想了想，御書幾乎足不出戶，管家天天做各種美食送過來，管庭還能當神棍，再加上自己三不五時找她救援，他覺得自己這債可能沒有還清的一天。

看見路揚那煩惱到想把頭毛揪光的模樣，姜子牙只好先應下，反正債多了不愁，慢慢還就是了。

姜子牙在手機上不停按著檔案傳送：「我把資訊都傳給她，有取材機會，她一定會忍不住打開來看，到時若是推論出來的結論關乎人命，她不會瞞著不說。」

路揚的臉皮抽搐，才剛說會想辦法還債，這邊就在製造欠債機會了。

「傳吧。」他無力地說。

門口突然傳來敲門的聲音。

路揚皺眉問：「誰？」

他住的是單人病房，不會有閒雜人等進出。

「我、我是方達，胡小隊長派我保護你們。」

「進來吧。」姜子牙已經知道這件事了，因為路揚受傷的關係，劉易士把所有訊息都傳給他。

一名年輕的警員走進來，衣服穿得規規矩矩，連警帽都戴得好好的，人看著有些蒼白。

兩人轉頭看他，他竟然還嚇得後退兩步。

「你要保護我？」路揚略感無奈，對方這副快嚇死的樣子讓他很懷疑是誰保護誰。

「是。」方達深呼吸一口氣，慢慢走過來，「對不起，昨天晚上實在太可怕了，眼睜睜看著那具屍體復活，幸好有你和劉先生在，才能解決她……」

路揚抬頭說：「子牙，你過來幫我看看點滴還有沒有正常在滴，我覺得手有點痛。」

姜子牙「喔」了一聲，站起身來看。「好像沒怎樣啊？」

「是嗎？」路揚不解地說：「還是痛啊，幫我叫醫生吧！」

「好……」

「我幫你看看吧。」方達連忙走過來。

「那就麻煩你了。」

路揚臉上的神色略帶痛楚，但此時，一把古劍突然飛旋而出，朝方達當頭斬下。

姜子牙瞪大眼，完全不明白路揚幹嘛拿剔砍人，不過想到他說剔殺不死一般人，他也就沒有阻止。

眼見劍身即將觸頂，方達終究忍不住朝後退了一大步。

路揚厲道：「你果然看得見剔，你是誰？」

「你是怎麼發現的？」

方達蒼白著臉，扯出一抹興味昂然的笑。

「太上老君提醒我要注意看。」路揚冷冷地說。

老君的提醒讓他注意到剛才方達說了一句「解決她」，哼，他們壓根就沒有解決李瑤，那隻妖被傅太一帶走了，方達明明就知道這件事。

姜子牙這才回神，驚呼：「他不是方達？」

「不是！」路揚冷哼：「這病房有個界，加上一點化妝，才讓他看起來像方達。」

姜子牙瞪大眼，還有這種操作，說也奇怪，當路揚戳穿對方偽裝，那人真的越看越不像方達，反而像是……

「徐喜開！」路揚先一步喊出對方的身分，就怕姜子牙看穿先喊出來。

「方達」一笑，朝臉上抹了一抹，那張臉果然是社長徐喜開。

徐喜開讚嘆道：「真是厲害，雖然沒撞死你是在我的計算下，要是因為孫子沒了，讓阿路師全力出手，那就得不償失了，但我沒預料到你的傷勢會這麼輕，那種狀況之下還能閃躲，最大程度保護自己，果然不愧是『剔』！」

路揚沒打算再跟他廢話，早把剔橫在病房門口，杜絕讓人跑掉的可能性。

雖然剔砍不死人，但是看得見剔的道上人被一劍砍中要害，絕對也能痛得倒地不起。

「等等，你和那把劍都別靠近我！」徐喜開拔出腰間的警槍來，「這可不是假槍，你倒是可以試試。」

路揚微瞇起眼。

他輕笑一聲，「我知道這個距離太近，對你這種身手的人來說，預判我開槍的位置來閃躲，再讓劍砍中我，或許不是不可能的事情——」

徐喜開把槍口轉向姜子牙，說：「但他絕對閃不過！你或許可以制服我，但在這期間，姜子牙會不會中槍，那可就難說了。」

路揚不動，冷靜地問：「你到底想做什麼？」

「現在你們都知道七大傳說了吧？這其實不是假的，只是發生地點在國外，我稍微變動一下，讓這些傳說符合你們就讀的大學——真是臥虎藏龍的一間學校，不是嗎？」

聞言，路揚眼神一個閃動，了然的說：「你把林芝香綁走了？」

「說綁走也太難聽了，她可是自願跟我走的，為的是這個。」

說話的同時，徐喜開丟下一張放大的照片，上頭是一本黑色的書，書皮用金線勾勒出複雜的圓陣型圖騰。

「圖書館的第十三個書架，充滿禁書的書架，我要其中一本書。」

路揚皺眉。

徐喜開慎重無比地說：「這張照片上的書是『復活術』。」

節之三・書架

林芝香著急地衝向男生宿舍，沿途多少男生曖昧地看著她，她都顧不上了，抓到人就問「你知道簡志住哪嗎」，接連抓過幾個男生來逼問，一得到正確房間位置後，她立刻過去把房門拍得震天響。

「簡志！簡志？」

房門被打開來，一個男生目瞪口呆地看著林芝香，不明白這個女生怎麼瘋狂成這樣。

林芝香推開那男生，衝進房間裡面，空無一人，她立刻就回身揪住男生的領子，逼問：「簡志呢？他人在哪裡？」

男生慌亂地說：「簡志去參加社團活動了，還沒回來啊，可能等等就回來了，妳等他一下就好了，不用搞得這麼誇張吧？」

林芝香沒理會他，拿起電話就打給姜子牙，結果連打三通都沒人接，她的臉一白，想起自己還有路揚的電話，立刻改撥給路揚，跟他說明一切，包括姜子牙讓她來找簡志，她沒找到人，反而連姜子牙的電話都打不通了。

路揚說他會去找後就掛斷電話，沒交代她繼續做什麼。

林芝香看著手機，忍不住又打了姜子牙的電話號碼幾次，始終沒有接通，她心中的不安越擴越大……果然是天煞孤星吧！

她就不該妄想著念書，不該加入這個社團，不該靠近姜子牙和路揚，甚至早該狠狠羞辱簡志一番，斷了他對自己的想法……

「喂，妳沒事吧？簡志等等就回來了啦！」

一旁的男生看得很是不安，這女生看起來都快哭了，簡志到底幹了什麼呀？他從桌上抽了幾張面紙遞過去，免得女生眼眶的淚就要掉下來。

「別靠近我！」

林芝香尖叫，嚇得男生幾乎整個人彈開，她轉身就跑掉。

然而，一踏出男生宿舍，她整個人都茫然了，完全不知道該往何處去，呆立在門口，直到被人一把抓住還扯著走。

林芝香尖叫：「放開我，別碰我，我會害死你啊！」

「林芝香，是我。」

林芝香一怔，這才看清來人。

「社長？」

徐喜開先朝周圍幾個正在關注他們的人笑笑說：「不好意思，女朋友跟我鬧了點彆扭。」

那些人看著林芝香沒再掙扎也沒求救，這才笑笑地表示理解後走開。

「走！」徐喜開拖著林芝香走。

「不、不行，你快點走開，你不懂！」林芝香再次掙扎起來，高喊：「我、我是天煞孤星，靠近我的人都會出事！」

「簡志死了。」

徐喜開一句話讓林芝香停止掙扎，呆呆地看著他，問：「真的死了？」

徐喜開點頭，眼眶含淚，直把林芝香拖到無人處，他才懊惱地低吼：「都是我的錯，我不該策畫這什麼夜遊計畫，一切都是我！」

「不是、不是你的錯。」林芝香失神地喃喃：「是我的錯，一直都是我，爸媽死了，連哥哥都因為我而瘸腿，現在連簡志都死了嗎？」

「還有另外兩個社員也死了，一個浮在靜思池，另一個死在廁所。」

林芝香愕然，難以置信地抬頭看著徐喜開。

「我剛從路揚他們那裡知道消息，死的人還不只是我們的社員。」

徐喜開有點迷惑地說：「就連我們沒去的廢棄校區都死了一個女學生，這到底是怎麼回事？難道因為我們的探索，真的開啟了校園傳說，就連不相關的人都會被牽扯進來嗎？」

「女、女學生？」林芝香突然想到什麼，心中一寒，渾身都在顫抖，「你知道她、她的名字嗎？」

「嗯。」徐喜開點頭，「她叫做李瑤。」

林芝香跌坐在地上，臉色蒼白如紙。

「妳怎麼了？」徐喜開皺眉說：「妳嘴上一直說的天煞孤星到底是怎麼回事？」

林芝香搖頭，不斷重複喃喃：「你走開。」

「妳不說我就不走！」

為了早點擺脫徐喜開，林芝香再也沒有任何顧忌，哪怕社長聽完後會掐死她都沒關係，她一五一十地把自己「天煞孤星」的身分交代完畢，甚至說出李瑤是她的同系同學，她們之前一起做過小組作業。

說完這一切，她有點害怕卻又有點期盼地抬頭看著徐喜開。

徐喜開沉默良久，說：「不管這件事是妳的錯，還是我的錯，現在妳和我都只有一個贖罪的機會。」

聞言，林芝香瞪大眼，她還有機會嗎？

「既然校園傳說一一成真了，那麼，圖書館的第十三個禁書書架一定也是真的！」

林芝香不解地看著徐喜開。那一個是真的又如何？

徐喜開解釋：「我原本就是為了禁書書架的傳說才創立這個社團，策畫這次的活動，因為我知道禁書書架上有一本書，那是能把死者復活的『復活術』。」

林芝香下意識地反駁：「把死人復活？這是不可能的事。」

「妳看看這個。」

徐喜開拿出自己的手機來播放影片，上頭赫然是李瑤一步步從屍體恢復成人類的模樣，她迷惘地開口說了幾句「我在哪裡」、「發生什麼事」，然後影片就結束了。

「李、李瑤沒死嗎？」

林芝香捧著手機，幾乎喜極而泣。

「不……」徐喜開面露難色，低聲說：「路揚和他父親以為復活的李瑤是妖怪，又把她砍死了。」

林芝香一怔。

徐喜開連忙說：「不過這也不能怪他們吧，任誰眼睜睜看到屍體變成活人，都會以為對方是妖怪，他也不知道校園傳說裡面有復活術。我們只要拿到那本書，再復活她一次就好了。」

林芝香看著手機裡的李瑤，有些恍惚地問：「只要拿到書就可以復活她？」

「不只是李瑤，只要拿到那本『復活術』，所有人都能復活，李瑤、簡志，還有其他社員，甚至是……」

徐喜開傾身向前，輕聲如蠱惑般地說：「被妳剋死的爸媽都可以活過來。」

林芝香瞪大眼。

這時，徐喜開拿走手機，掏出一張放大的照片，放在她的手上。

「妳看看，這本書就是復活術，我好不容易才查出來的。」

林芝香低頭看著照片，喃喃：「這就是復活術嗎？復活……」

「嗯，只要把所有人都復活，我們就能贖罪了。」

徐喜開輕輕攬住林芝香，瞥了照片一眼，勾起嘴角。

真是出乎他的意料之外，還以為復活術的書會是白色的呢。

徐喜開拉起林芝香，強硬地說：「走，快天亮了，時間不多，我們不能看著社員因為我們的錯誤而沒命，他們還有家人在等他們回去！」

聽到家人二字，林芝香一震，終於邁步跟著徐喜開走。

半夜的圖書館當然沒有開放，然而這對徐喜開來說，完全不是問題，哪怕學校其實沒有答應借圖書館給他，學校怎麼可能在半夜時分把圖書館外借給社團呢？

徐喜開壓根就沒申請商借圖書館，反正這些傻學生們根本不會多想這種事到底有沒有可能性。

徐喜開帶著林芝香，如同漫步在自己家一般，直接走上二樓，站在門口時，他仔細吩咐：「妳跟我一個個書架數過去，直到把第十三個書架數出來。」

林芝香點頭，強忍心中的不安與僅存的理智，跟著徐喜開一個個數過去，隨著數字增加，她的心裡也越來越忐忑不安。

復活大家應該沒有問題吧？

會不會像是電影演的那樣變成魔鬼附身呢？

可是李瑤看起來好像很正常，而且……路揚可以砍死她！就算真的是魔鬼，去找路揚就可以解決了。

下定決心後，她深呼吸一口氣，開始數書架。

「一……二……七……十一……」

「十二！」

數到此，林芝香從第十二個書架的書本縫隙看見——第十三個書架！

木框的沉黑色書架。

居然真的有第十三個書架！林芝香瑟瑟發抖，難道真的有復活術嗎？如果沒有該怎麼辦？如果有……又該怎麼辦？

「林芝香，走吧！」

徐喜開等著她邁步走過去，一切才能塵埃落定。

林芝香顫抖地、緩緩地移動腳步，繞過第十二個書架，走向第十三個。

站在書架前，她抬起頭來想找那本復活術，未料卻先看見盤據在書架上方的一團烏黑巨大的東西朝著自己撲下來。

「啊——」

林芝香被撲倒在地，衝擊再加上整晚的驚嚇過度讓她直接昏迷不醒。

「退下！」

徐喜開衝上前來，拿著早就預備好的大十字架痛打那團黑色的東西，每一次毆打都讓對方發出慘烈的哀號聲，然而卻始終不肯退縮，雙手緊抓著林芝香不肯放。

「難道你不想復活簡志了嗎？」

聽到簡志之名，那團烏黑的東西遲疑了一下，終於放手了，退縮回角落蹲下，雙手抱著自己腳下的泥濘，垂著血淚不間斷喊「簡志」、「喜歡的」……

「看來光靠林芝香和天使果然不夠。」

徐喜開沒理會昏迷的林芝香，走到黑色的禁書書架前方隨意翻看，上頭大多是各式各樣的詛咒之術，卻沒有復活術，甚至連個治癒術都沒有！

「復活術果然不是隨隨便便就能夠搞出來的東西，而林芝香……」

徐喜開低頭看向昏迷的林芝香，「遭遇這麼慘，三觀卻出乎意料地正，真是麻煩，八成是那個瘸腿哥哥惹的禍。」

雖然這麼抱怨，徐喜開看起來心情卻很是不賴，一步步策劃之下，禁書書架已經出現了，現在就是繼續加大「相信」的力道。

直到復活術出現。

CH.4 你相信嗎

節之一：那本書

「復活術？」

姜子牙訝異了，雖然已經從御書口中聽過「復活」這個關鍵詞，但他還真沒想到會有復活術的書，真要有這種東西，難道大家都不用死了嗎？

他看向地上那張照片，那是一本黑色勾金線的書，看起來像是什麼魔法書似的，但要說這就是復活術，好像有點太過不真實。

徐喜開瞥了照片一眼，發現似乎沒有變化，這情況讓他感到不滿意。

「你不相信？」

姜子牙看著黑漆漆的槍口，心中有點緊張，脫口回答：「哪可能有復活這種事情！」

徐喜開笑了，「為什麼不可能？李瑤不是復活了嗎？可惜世人容不下她，她也只能再死一次。」

路揚開口喝道：「少在那邊妖言惑眾！那只是個幻妖，根本不是李瑤！」

姜子牙也暗暗點頭，就連傅太一都說那是妖，肯定不是李瑤，否則他家老闆把那隻妖藏起來的行為就變成拐帶女大學生了吧！真幹出這種事，傅君都能打死他。

徐喜開皺眉，冷笑一聲道：「你怎麼敢確定那不是李瑤？還是反正你都已經砍死她了，當然一定要當作她不是李瑤，否則就是殺人！」

可是李瑤沒被路揚砍死，她被老闆收走了啦！姜子牙只敢在內心反駁，面對槍口，他還是安靜不動等待路揚解決問題。

路揚冷道：「你真的以為這話可以動搖我？」

徐喜開嘲諷地笑道：「何為真何為假，剔，你以為自己真的分得清楚？看看你那把劍，清楚到都快成真劍了，難道你也會將那把劍當作假的？既然飛劍這種東西都能出現，難道復活一定是假的，完全不可能嗎？」

路揚抿緊唇，心中有點不安，這話連他都有一絲動搖，姜子牙聽了會不會相信呢？擁有真實之眼的人若信了復活——不能再讓這傢伙說下去了！

徐喜開似乎察覺他要動手，喝道：「叫那把劍從門口讓開！既然你知道房裡有界，就該知道我可不只有槍這種手段而已，你不一定能留下我，但我倒是肯定能讓姜子牙至少中一槍。」

姜子牙僵住了，開始思考自己若是飛身撲進病床底下，而且身上沒卡任何子彈的可能性有多高？

看著只有幾步遠的槍口，再看看徐喜開持槍的動作好像很熟練，完全不是新手的感覺，姜子牙不得不承認自己應該閃不過，乖乖站著別動比較好，他可不想讓親姐姐哭瞎眼睛。

路揚也看出徐喜開持槍的動作很專業，只好妥協了，剔在一聲鳴叫後，從門口飛到姜子牙身旁。

徐喜開退到房門前，笑著表示誠意把槍放下，但仍舊握在手上，隨時警戒。

路揚冷道：「徐喜開，你到底想幹什麼？奪走這麼多條人命，你真的以為自己可以全身而退？」

徐喜開倒是無所謂地說：「我退不退得了，這不重要，只要能弄出這本復活術，你想想有多少人可以讓心愛之人死而復生呢？如果有復活術，這次死去的人，包括李瑤和簡志等人，統統都可以復活，還白得一本復活術，何樂而不為？」

路揚皺了下眉，快速瞄了姜子牙一眼，他知道對方一直懷著愧疚，覺得自己沒早點察覺到不對勁，若是因徐喜開的這番話而動念，那就不好了。

但他卻看不出姜子牙對此有什麼看法，似乎也沒什麼不對勁的神色，反倒有點欲言又止。

姜子牙納悶地問：「你想復活誰嗎？」

聽到這個問題，徐喜開的臉色一變，無所謂的微笑收了起來，冷道：「看來，你們是不肯相信我了？如果死去的人一個個復活過來，剔你還敢在他們家人面前砍死那些人，還口口聲聲那些只是妖物嗎？」

說完，徐喜開一把拉開房門又重重關上門。

姜子牙立刻扭頭看路揚，後者竟然沒有追上去的意思，他還以為路揚是個亂來到即使剛被車子撞過也會衝上去緝凶的傢伙呢。

動了動僵住不動太久的身體，姜子牙緩緩走到房門邊，見路揚沒有阻止，他拉開房門朝外看，走廊的人來來去去，似乎完全沒發現剛才房內鬧出的動靜。

這一次，姜子牙總算看出問題所在，房門正對面掛著一面鏡子，明明正對著房門口，然而映出來的景象卻是一面白牆。

他走過去，拿出面紙抹了抹鏡面，擦掉上頭一層不知什麼粉，房門終於可以映在鏡面上。

姜子牙有點鬱悶，他完全沒注意房間外頭的狀況，明明之前都能看出湘水畔的樓梯有問題，但是只要不保持警戒心，馬上就什麼都看不出來了，看來距離成為路揚的眼睛之路，還有好一段距離要走。

走回房間時，他看見地上的照片，彎腰就去撿。

「別碰！」路揚立刻喊。

「這張照片有問題？」姜子牙停下動作，緊張地說：「該不會照片上還塗毒吧？」

「你想太多了。」路揚無奈地說：「那傢伙這麼簡單就走了，他的目的一定不是要殺我們，八成就是為了送那張照片過來，然後詳細解說復活術這件事，他的目的多半是要我們相信復活術的存在。現在我就是擔心他到底知不知道你有真實之眼？或者只是因為想要說服道上人也相信復活術的存在。」

姜子牙緊張地看向路揚，他可不只一次被人說真實之眼有多危險，全家被抓光光都不奇怪！

「別擔心，就算他真的知道，這次把他抓起來就好，依這傢伙做事的手段，沒有多少道上人會跟這麼亂來的傢伙深交。」

路揚安慰完，又說：「但不管如何，你都別去看那張照片上的東西，這會間接幫那傢伙搞出什麼復活術的書來。」

姜子牙「喔」了一聲，抬頭不看照片，摸索著把照片撿起來，然後直接將有圖的那一面壓在桌面上，努力克制好奇心不去看。

姜子牙不解地問：「你怎麼這麼簡單就放他離開？」

路揚解釋：「徐喜開既然敢出現，應該做好萬全的準備了，剛才他出現的時間不短，我們發出的動靜也不小，但是一直沒有人來，我就猜病房外應該也有界的存在，甚至可能有同伙，在我受傷的狀況下追上去，這太不利了。」

姜子牙想想也覺得有道理，雖然徐喜開自己出現的機會很難得，但是路揚才剛出車禍，還是乖乖養傷別亂來的好。

「立刻打電話給我爸說明狀況，讓他去找找方達。」路揚皺眉道：「最好的情況就是方達只是被耽擱了。」

聞言，姜子牙連忙撥電話過去。

「你爸聽到我們這邊出事緊張死了，還好查清楚方達只是車子拋錨正在處理，他說馬上過來。」

「那就好。」路揚鬆了口氣，幸好徐喜開沒瘋到為了丟張照片過來就殺死一名警察。

鬆完氣卻看見姜子牙皺著眉頭，路揚無奈地說：「有話就問，別自己悶在心裡想，你的狀況可不能想一些有的沒的。」

這不是心理開導課，而是姜子牙胡思亂想的後果要比其他人嚴重多了，一個不小心，亂想就可能不只是想想而已。

姜子牙已經很明白自己眼睛闖禍的功力，摸摸鼻子開問：「喔，那我就問了，真的有復活術嗎？」

路揚一口否決，「沒有那種東西，你見過誰復活了嗎？」

「我以前也沒見過哪把劍飛在半空中啊……」

路揚一滯，堅決說：「他就是故意要引導我們去相信復活術的存在而已！」

「那如果有足夠的人相信復活術這本書的存在，」姜子牙忍不住問：「難道真的會出現復活術嗎？」

路揚一怔，感覺事態有點嚴重，突然有點慶幸當初在界中要砍死那個「李瑤」時，傅太一及時出現阻止，因為有好幾方的人都說李瑤只是個妖，姜子牙才沒有受到徐喜開的話影響吧？

「你該不會真的認為有那本書吧？」

姜子牙想了一想，搖頭說：「不，復活這種事還是太誇張了，如果真的能夠復活，大家都不用死了，那世界末日都不遠了吧！」

聞言，路揚鬆了口氣，姜子牙的左眼太厲害，實在不能隨便相信什麼。

「你把徐喜開留下的那張照片拿給我看看。」

照片正面朝下，姜子牙也不擔心會看見內容物，直接遞給路揚。

路揚仔細看著那張照片，破舊的木桌上放著一本黑色的書，書的封皮有著金色勾勒的魔法陣。

「看起來怎麼樣？」姜子牙好奇地問。

「挺假的，就像電影道具，而且還不是做得很真的那種。」

路揚撇撇嘴，果然，什麼復活術的書聽起來就不可靠，這樣的照片也就只能騙騙一般人，不，恐怕連一般人都不會信吧！

復活術這種東西光是要讓人相信就是幾乎不可能的事情，難怪徐喜開要搞出這麼大動靜來……

路揚一愣，不由想起剛才姜子牙說的話。

如果相信的人夠多，復活術會成真嗎？

「子牙，打電話給司機，讓他立刻到醫院來。」路揚一邊說一邊撕掉手上的點滴針頭。

姜子牙瞪大眼，「你在幹嘛啦？」

「去學校。」路揚皺眉說：「我覺得學校應該會出事，既然徐喜開的目的是要讓大家相信校園傳說，進而相信禁書書架中有復活術，他一定會打鐵趁熱，接二連三弄出事情來。」

姜子牙連忙說：「你爸和胡隊長都安排人過去巡邏了，你才剛出車禍，別這麼亂來啦！」

路揚搖頭說：「徐喜開特地開車來撞我，你想是為了什麼？他一定有什麼布置是剔可以強行斬斷的，所以非得讓我躺在醫院不可。」

聞言，姜子牙愣住了。

「我怕他想搞得很大，是非常大！」路揚皺眉說：「你剛問得對，如果有很多人相信復活術，這本書會不會成真？但真正的問題不在於會不會成真，而是對徐喜開來說，到底要有多少人相信復活這件事才足夠？而要讓人相信復活這件事是真的……」

就要有人死！姜子牙明白了。

「林芝香看來是在他的手上，我阿公看過她一回，她和你我一樣都有天生的能力，她的能力是話語，而且很強。」

路揚抓起姜子牙的外套穿上，免得他一身白色病人服太過顯眼。

但路揚的左手還打著石膏，姜子牙實在看不過眼，還想掙扎一下。

「現在校園有警察在巡邏，徐喜開不可能自投羅網吧？」

「他肯定早就把界都布好了，連我和你都會陷在界裡面，那些警察說不定根本就是徐喜開的目標！你想讓他們落得和簡志一樣的下場嗎？」

想到從此沒法回家的簡志和兩個社團成員，姜子牙再也沒辦法講出讓路揚別亂來的話。

路揚看了時鐘一眼，都快九點了，再不過去或許就遲了。

姜子牙無力地問：「但你的身體是真的沒事吧？沒有太逞強吧？」

路揚開玩笑地說：「當然不能說沒事，我的左手還骨折打著石膏呢，這隻手大概不能亂動，但反正我也不用握著劍揮，我就是右手比劃比劃，不會有問題。」

聞言，姜子牙也只能點頭了，只能祈禱路揚這廝真的算不上人類範疇，越變態強越好！

「走！」

離開之前，姜子牙反射性拿遙控器關掉電視，這時，電視上突然出現那張黑書照片，他一愣，沒想到徐喜開連這個都放上網路，而媒體也照抄不誤，幸好旁邊的字幕只是說明這是圖書館傳說中的禁書，沒有提到復活術。

這本書細看之下似乎沒有路揚說的那麼假，至少當當電影道具是沒問題，上面的圖騰還有點眼熟，似乎是那個什麼七宗罪……

「子牙？」

姜子牙喊：「來了。」

他關掉電視，沒多想什麼，反正只要抓到徐喜開，這本書自然不會出現。

路揚採取先斬後奏策略，上了司機的車，快抵達學校的時候，才打電話通知劉易士。

然後得到暴怒的父親一名。

路揚把手機稍微拿得離耳朵遠一點，然後說出自己對於徐喜開非要把他撞進醫院的推測，這次行動有很大可能需要他的剔。

然而還是被咆哮許久，路揚苦著臉回應：「好，我就在校門口等你來接，絕對不會先進去，我保證！」

再三保證後掛斷電話，路揚揉揉耳朵，只覺得自己差點聾了。

姜子牙悶笑道：「看來你還是應該乖乖躺在醫院裡。」

路揚搔搔臉，「我也不知道我爸反應會這麼大，如果是阿公，他肯定會說這小傷，休息一晚就去接一些輕鬆的工作，還躺什麼躺！」

「你阿公心真寬……」

「寬得跟太平洋一樣沒邊！你都不知道，我當初才多大，他就讓我自己一個人去除妖，委託人看到我一個國中生來赴約，沒有一個不臉黑的！我除掉那些小幻妖都不用三十秒，但要跟委託人解釋我有能力幫他們除妖卻要解釋三小時！」

「我真的無法怪他們……」

姜子牙聽路揚小時候的事情聽得津津有味，比電影情節還誇張，然而聽得越多卻越是感覺心中不安。

兩人最後相對無語。

「過多久了？」路揚深呼吸一口氣。

「二十五分鐘。」姜子牙憂心忡忡，雖然校園不小，但圖書館的位置離他們並不遠。

路揚立刻打了電話，然而，始終沒有人接聽。

節之二：父

「真是會被混帳兒子氣死！」

劉易士掛斷電話，再一次懊悔把兒子放給岳父岳母帶，養成這種心比大西洋還寬的個性，才剛被車撞到手骨折，又被徐喜開用搶指著威脅，現在還敢從醫院跑出來？

聽到路揚跑來，胡立燦嚇了一跳，「他不是剛被車撞嗎？傷勢這麼輕？」

「骨折！下午才從手術室推出來！」

聞言，胡立燦也是無言了，想到路揚也幫過他不少忙，只好幫忙勸勸：「年輕人恢復力強……」

才說一句不到就掰不下去了，胡立燦實在沒法睜眼說瞎話，恢復力再強也不是這個強法，他可是親眼看過路揚被撞飛的影片，一般人不死都去半條命，結果路揚還馬上就到處亂跑，真懷疑那傢伙是不是如姜子牙掛嘴邊的話，不算在人類範疇！

劉易士努力壓下心中不安，說：「我去接路揚，你們繼續守在這裡，我沒回來之前，千萬別輕舉妄動，就算你們人多也不見得安全。」

胡立燦點頭。

他們正守在圖書館，其他幾個地方則有員警巡邏，胡立燦幾乎豁出一條命才讓長官答應派出將近七十名警力，每十人一組在夜間守著各個校園傳說地點。

劉易士之前打電話想請岳父出手幫忙守圖書館，這麼多條人命，岳父出手也不為過，這樣他就能去各處的傳說地點巡邏，免得出意外的時候，警察們沒有辦法解決。

結果岳父一句「等欸」，劉易士舉著手機戰戰兢兢等了半個小時都沒回音，不敢掛岳父電話，又不知發生什麼事，最後得回一句「嘸法度」。

劉易士一愣，還真沒想過會被岳父拒絕，這麼大的事件，照理說，阿路師應該會出手才對。

「阿士，這次你卡小心耶。」

劉易士一怔，沒想到心大的岳父會特地說這句，他連忙應了聲「好」，這才憂心忡忡地掛斷電話，正慶幸兒子躺在醫院不能過來，可以直接避開這次的危險，結果就收到路揚已經在校門口的消息。

簡直不能更怒！

但劉易士知道兒子的推測很有道理，路揚的剔簡直能靠著暴力突破橫行無阻，以往因為路揚常常看不穿界，被迷惑得不知該砍什麼東西，但路揚還帶著姜子牙過來了……

再擔憂也只能去接兒子過來，而不是怒吼一聲讓他乖乖回醫院躺著，兒子恐怕也沒那麼乖。

劉易士苦笑，壓下滿心的憂慮去校門口接兒子。

胡立燦提議：「我派兩個警察跟你去吧？路揚不是說那傢伙有槍。」

劉易士應了聲「好」，因為法律民情不同，他確實沒帶槍回國，現在聽到對方並不忌諱用槍，那他也得有所準備才行。

如此一來，胡立燦就剩下八人，劉易士皺了下眉頭，再三吩咐：「你們不要進圖書館，只要在門口守著，確定沒有人偷溜進去就好，就算有人不顧你們的警告硬闖進去，你們也別跟，我頂多半小時就可以回來。」

「沒問題，絕對不敢進去！」

有過廢棄校區的經驗，胡立燦百分百願意遵守這條「絕對不進圖書館」的規矩。

劉易士領著兩個警察，快步朝校門口走，想要爭取在二十分鐘內回到圖書館，他記得只要走完紅磚道，再從籃球場旁邊拐個彎就是校門口，想在十分鐘內走完需要滿快的腳步。

然而，他卻不得不停下腳步，轉頭看著四周，紅磚道只有他和兩名警察，其他的動靜就只有磚道兩旁的樹蔭搖曳。

「怎麼都沒人？」

劉易士皺眉，雖然離開校園多年，但是他很常進入校園去辦案，就算已經十點多了，但大學生可沒這麼早睡，而且這條紅磚道是大學裡面最大的一條路，不該連個學生都沒有。

警察立刻解釋：「我們有宣導讓學生晚上不要亂跑，一切社團活動都暫時停止，尤其嚴禁到命案現場附近嬉鬧，違者記過處分。」

這樣嗎？劉易士想想今天的警察陣仗這麼大，應該可以嚇阻學生，倒是記者們還比較需要注意一點。

先接到兒子再說！不知是不是心裡著急，劉易士覺得自己走了很久，但舉起手表一看，十分鐘確實還沒到。

好不容易走完紅磚道，看見籃球場，竟傳來打籃球的聲音，還是有學生在打球。

「校園的籃球場有很多個。」警察為難地說：「不好禁止學生打球。」

劉易士點頭表示明白，其實他反倒鬆了口氣，就算有禁令，也不該整個校區都沒人，否則他真的很懷疑自己是不是入了界。

從籃球場拐了個彎，劉易士朝著那群打籃球的學生一看，倒是沒發現什麼問題，約有十來個學生，場中正進行三對三鬥牛，其他人或坐或站地喝飲料旁觀。

這時，一個學生跳投不成，球大力擊中籃框，然後彈飛出去。

球朝著劉易士三人飛過來，警察們嚇得整個跳開，球擊中樹後落地滾了一段距離才停住。定睛一看，那確實是一顆籃球，這才讓兩名警察鬆了口氣，其中一人彎腰撿球丟回籃球場。

一名走過來撿球的學生接個正著，他將球抱在懷裡，笑問：「要不要一起打籃球呢？」

聽到這句話，兩名警察臉色大變，現在誰不知道校園傳說內容。

劉易士瞇起眼，籃球場的探照燈光線太強，他面著光有些看不清來人，但這聲音卻無比熟悉……

「正好這球也快爛了。」那學生的臉漸漸清晰起來，他微笑道：「劉叔叔，你正好可以代替路揚當球。」

劉易士抿緊嘴唇，這學生的臉不是姜子牙是誰？而被他抱在懷中的「籃球」有著一頭棕髮，原本混血兒俊俏的臉滿是瘀青傷痕，緊閉雙眼，卻是他兒子路揚的頭！

「啊！」警察們驚呼一聲，槍都拔出來了。

「別開槍！」劉易士喝道，在界中開槍是很危險的事情，不知何為真何為假，很容易互相開槍打死同伴。

「以主之名——」

劉易士念起禱詞，一本發著光的書從天降臨，如姜子牙看見的，那是一本聖經。

「你不肯代替兒子去死嗎？」

姜子牙被這光一照，整張臉竟開始融化，歪掉的嘴張大嘶吼：「從小就把孩子丟在旅館和遊樂園，讓他只能一個人孤伶伶，最後還直接扔在臺灣不管，到現在，你這個做父親的連代替兒子犧牲都不肯嗎？你到底算什麼父親？」

劉易士不為所動地繼續念禱詞：「所有的汙穢與邪惡，在主的面前都無所遁形，我以主之名命你立刻現出真實面貌！」

隨著禱詞的完成，半空中的聖經快速翻頁，終於在某一頁停下來，光芒大盛。

「姜子牙」已融得像根殘燭，他不成形的臉裂開一抹笑，嘲諷地說：「劉叔叔，你明明知道的，一直都明白，總有一天，路揚一定會死在我的手上。」

籃球落了地，仍舊是一顆籃球，根本不是什麼人頭。

在探照燈的照射之下，籃球場上空無一人，

劉易士收起聖經，抿緊唇，平復有點紊亂的心情。

「劉、劉先生，現在要怎麼辦？」

兩名警察全身都在發抖，雖然早就被暗示過這狀況，但真的看見還是另一回事啊！

看到他們的狀況，劉易士突然覺得放這麼多警察在校園接觸傳說地點，似乎也不是一件好事，然而這卻又是不得不的舉動。

他皺眉說：「你們兩個先把槍收起來，不要胡亂開槍，很容易因為幻覺誤中自己人。」

「那是幻覺嗎？」警察雙眼一亮，似乎終於找到合理解釋。

劉易士立刻一口咬定：「是，類似催眠那樣的效果，我們沿路走來被放了很多暗示，這次的事件就是這樣，有個很擅長這種事情的犯人，我也精通此道，所以胡小隊長才找我來反制對方。」

警察恍然大悟，哪怕這說法的疑點再多，他們之後也會自行解釋。

「我們快過去校門口。」

劉易士感到很是不安，雖然這種利用親人的案例很多，但劉易士已經許久沒遇過了，畢竟他都在國外活動，兒子卻留在臺灣，沒有多少人見過他和路樂的兒子，多半是用路樂來影響他。

劉易士小跑步到校門口，幸好，路揚和姜子牙還站在那裡等候，兩人都高，非常顯眼，一眼就可以望見。

路揚看見劉易士，笑著喊了聲：「爹地！」

聽見這個兒子小時用的稱呼，劉易士正要揚起笑容，但想到路揚從醫院跑出來的亂來舉動，又板起臉，這次一定要端起父親的威嚴，好好訓兒子一頓！

眼前突然閃過一道強光，劉易士還沒弄懂是怎麼回事，卻已經反射性脫口：「小心——」

那瞬間，一切好像播放慢動作，路揚回過頭瞪大眼，緊接著用肩膀側撞把姜子牙撞飛，他自己卻已來不及逃，被疾駛而來的車子迎面撞上，整個人朝後飛出去，撞上半掩的校門，伴隨一道令人心碎的斷裂聲，然後摔落在地上。

劉易士只覺得胸口要爆開了。他衝過去跪在兒子旁邊，顫抖的雙手努力克制不要去動兒子，傷勢太重，不能亂動，不然會加重兒子的傷……

「路揚？路揚！」

姜子牙爬起身來，一看到路揚的狀況卻愣住了，整個人軟倒在地。

「快叫救護車！」周圍似乎有人在喊。

劉易士望著兒子，還是忍不住伸手輕輕碰了碰兒子的肩頭，輕喊：「小揚？小揚？你跟爹地說句話，別讓爹地擔心了。」

但任誰看了都知道路揚的情況不對，脖子無力地歪向一邊，眼睛睜得大大的，漂亮的綠眸子毫無神采……

「他是故意的！」

劉易士看向姜子牙。

「徐喜開是故意撞死路揚的！」姜子牙蒼白著臉，帶著哭音說道：「因為只有這樣，我們才會相信他口中的復活術，我、我們不得相信啊！否則路揚他、他就真的……真的死了！」

他哭得泣不成聲，口中喃喃：「都是我才害得他沒躲過去……他明明可以閃開的……」

劉易士從他身上收回眼神，低頭看著了無聲息的兒子。

不得不相信……

「這次你真欸不出手？」

小春嫂泡著茶，雖然心中擔憂孫子，很想去醫院看看，卻被阿路師阻止，說什麼代誌還沒結束，她不要過去添亂。

「代誌看起來這麼大條，你還是不出手，啊是哪時才要出手？」

小春嫂有些氣，打從嫁進這家就沒停止過擔憂，年輕時擔心老公，有女兒後看著她橫衝直撞就害怕，生了孫又要憂慮孫子出事，簡直就沒個安心的時候！

見妻子怨氣沖沖，連放茶杯的動作都特別大力，阿路師臉色不變，卻開口解釋道：「我算算自己插手的結果是凶中之凶，去問老君又連擲六個陰茭。」

小春嫂嚇了一跳，她知道丈夫說的話很準，準到甚至不能隨便開口說話，洩漏天機阻擾到代誌進行，常常會變得更加糟糕。

阿路師撿起茶杯。他唯一能稍微透露的對象是小春嫂，妻子毫無能力，置身事外，結婚多年後也知道輕重，不會黑白講出去。

「啊你不插手，代誌就會順利解決吧？」小春嫂帶著期望問。

阿路師把茶杯放下，使用多年的杯子卻像是突然無法承受熱度，杯緣裂開一道口子，直達杯底。

兩老人看著那杯子，心中都是一沉。

「阿路啊，我卡你講，小揚一定不行出代誌喔！」

小春嫂雙眼含淚，就算擔心受怕這麼多年，想到孫子有可能會出事，她這心肝都咧痛。

「麥黑白講！去跟老君道歉講妳真失禮，妳這隻嘴只會黑白講話！」

阿路師低罵了一聲，掐指算了算，仍舊是個插手反而會凶上加凶之局，他的心情更暴躁了。

小春嫂一怔，雖然丈夫看著人粗獷，對女兒女婿孫子都挺嚴苛，但那是因為他們從事的職業太過危險，一個不慎就可能翻船，對妻子反倒極少擺出嚴苛的態度。

阿路師罵道：「緊去講失禮啊？坐在這做啥貨？」

「我今嘛就去！」

小春嫂連忙抹抹淚衝去大殿。她可要跟老君好好叨叨，祂看著小揚長大，可不能袖手旁觀。

女兒路樂也是祂看著長大的孩子，樂樂的丈夫好好看顧，還有還有，子牙那個孩子真乖，每次來都不忘去給祂上香，也不能落下了。

節之三：子

「胡立燦也沒接。」

姜子牙掛斷電話，簡直不忍看路揚的臉色有多難看。

路揚朝他比了個安靜的手勢，他這邊的電話打通了，這讓人稍微鬆了口氣。

「阿公，我和我爸約在大學校門口，他說要來接我，卻一直沒來，你能不能來——」

話沒說完就被打斷：「我沒啥好講，這次的代誌，你們要自己處理。」

聞言，路揚皺了眉。這麼大的案件，阿公出手也不為過，現在卻要他和爸爸自行處理，莫非是老君有什麼指示？

「小揚啊！」

路揚正在思考原因時，通話對象換了個人，這是阿嬤的聲音。

「老君再三交代講，嘸可能的代誌就是嘸可能，叫你不行黑白信。」

路揚一怔。「好，我知道了。」

果然是老君有指示阿公不能插手，甚至得讓阿嬤來暗示。

這個「不可能的事情」……路揚略一思考就明白這應該是在指「復活術」。

路揚皺眉對姜子牙說：「我們直接進去。」

「你阿公真的不來嗎？」姜子牙簡直不解，孫子才剛出車禍，女婿失蹤了，他竟然還是不來，這說是心寬也太誇張吧！

「不。」路揚皺眉說：「阿公大概算出他插手會讓事情變得更糟，請示太上老君也是這個結果，所以他不能出手。」

姜子牙這才明白過來，「喔」了一聲，問：「那現在怎麼辦？我們要找找其他警察的電話嗎？」

路揚喚出剔隨身戒備。

「不，反正也聯絡不上，恐怕這整個校園都是界，要弄出這麼大又穩固的界，不是隨便放一點道具就能完成，需要更完善的布置，甚至得經過不少時間讓界成形，我猜徐喜開背後一定有人，這不可能是他自己單獨做的，他太年輕了，總不可能從十歲就開始弄這些東西。」

路揚深呼吸一口氣，堅定地說：「我們直接進去，子牙，從現在開始你要打起精神，我們要破壞路上所有的界！」

姜子牙立刻打起十二萬分精神。

兩人踏入校門，在校園行走的學生很少，但看起來都沒有什麼不對勁。

路揚看了看兩旁的行道樹，樹葉隨風輕搖，這風勢看起來和校門外感受的差不多。

姜子牙環顧一圈後感覺不妙，這個校園根本完全沒問題，雖然人比平常少很多，但是才發生命案呢，大家不敢在校園逗留也是正常的。

「警察們和你爸呢？」

旁邊就是籃球場，校園傳說地點之一，怎麼連個巡邏警察都沒有？

路揚的臉色十足難看，說：「肯定在界裡，他們的目標恐怕就是警察！而我們根本沒入界，回頭！到校門口去找入界的方法。」

兩人急匆匆地回到校門口，姜子牙仔仔細細地找尋，卻沒發現不對勁，眼角餘光瞄見路揚抿緊嘴唇，雖然著急卻又強忍下來，沒有催促他。

姜子牙瞪大眼，更拚命想找出界的入口，終於在大門前方的地面上看見不對勁，幾道弧形線條頗深且有規律性，看起來不像是地板刮痕。

他後退數步，跳上門口的短石柱，低頭觀察了一陣子後說：「地上有七個圖騰排成一個大圓，雖然很模糊，但應該是之前的七宗罪圖騰。」

「七宗罪嗎？」

被姜子牙這麼一說，路揚定睛一看，地上的圖騰漸漸浮現出來，直到整個圖騰繞成的圓形法陣清晰可見後，他幾個快步衝進校園後立刻觀察周圍狀況，但還是一樣沒有問題，他並沒有入界。

「路揚！」

姜子牙著急地衝進校門口，看路揚還是在他面前，這才鬆口氣，真怕這傢伙帶著傷病還想甩下他，自個兒去做危險的事情。

路揚回過頭，那瞬間卻看見姜子牙眼泛藍光，他立刻衝上前去抓住對方的腦袋，仔細觀察那隻左眼。

「怎麼了？」姜子牙嚇了一跳，不知發生什麼事，動也不敢動。

「沒事。」

嘴上說沒事，路揚卻是心下暗暗皺眉，不知是不是錯覺，他總覺得姜子牙左眼帶的那塊藍好像變得更明顯，還似乎擴大了？

但他卻無法肯定這點，瞳仁的範圍就那麼小一塊，他平時也不會貼著姜子牙看，根本無法確定那塊藍到底有多大。

路揚皺眉：「你回門口去踩踩或摸摸那些七宗罪圖騰，看看有沒有辦法啟動界讓我們進去。」

姜子牙走回校門口照做，然而還是一點動靜都沒有。

「為什麼我們進不去？」

做為一個莫名其妙就會入界的人，姜子牙還真是沒遇過有界不得入的狀況。

「可能有條件。」路揚覺得有些不耐煩，想讓剔去砍個入口，卻又怕把這個入口徹底砍壞。

「等等，圖騰圍成的大圓好像繞著一行字。」

姜子牙跳上石柱仔細看，字不大而且又寫得龍飛鳳舞，他得瞇著眼辨認才能勉強看清楚。

左眼又發光了！路揚瞪大眼看著這景象，心中覺得不妙，卻沒辦法阻止，現在要入界只能依靠姜子牙的眼睛，而他的左眼發光時，明顯能力會更強。

「以神之名，封印惡魔在此，常人退避。唯神的僕人、持有聖書者猶可入。」

路揚聽完這話，怒不可遏地說：「這是用我爸當條件設下的界入口！那傢伙一定打從發現我爸回國後就開始計畫，所以才隨便搞個七宗罪出來，硬是跟我爸的身分扯上關係！」

聞言，姜子牙訝異地說：「但你不是說這個界需要很長的時間布置？」

「整個校園的界需要布置，但是臨時做個有條件的入口卻不用。Shit! 我們現在要上哪找神的僕人？」

路揚暴躁地走來走去卻想不出個辦法來，找普通的神父一定不行，光是「持有聖書」這點就無法符合，普通聖經肯定算不上聖書，但臺灣根本找不出真正的驅魔師，就算讓教廷看在劉易士的份上立刻派人來，至少也得等個兩天，黃花菜都涼啦！

「那個，管庭行不行？」姜子牙想了想，提議：「雖然在書中他信的神祇不是現實中的神，不過他的樣子就像是神父，而且之前他當神棍救人的時候，確實是用十字架打退惡魔，讓他再弄出一本聖書來，應該也不是難事吧？」

路揚一怔，原本想說不可能，但是有姜子牙在，他那隻發出藍光的左眼……

他甩了甩頭，說：「不行，區區一個幻妖恐怕沒那種能力騙過界。」

「呃，上次回去的時候，管庭就成虛了……」

「……」

路揚憋著氣看著姜子牙的左眼，有這隻眼睛的協助，說不定還真有騙過界的可能性，雖然他對於姜子牙的真實之眼能力越來越強感到很是不安，但父親那邊可能正陷入危險之中……

「就讓管庭過來試試，成不成再說。」

姜子牙看路揚猶豫不決，乾脆自己立刻打電話給御書。

「……要借管庭？呵呵，我派管家過去把你吸乾倒是沒問題！」

御書暴怒地大吼：「姜子牙，你是把我當你媽了嗎？遇到困難就回家喊媽媽？

你想當媽寶，我還不想當你媽！」

姜子牙的耳朵都要炸了，只能努力懇求：「拜託啦，我們需要管庭去救人，十萬火急，遲了會出事啦！」

「你反正一天到晚出事！去找那個東皇太一啦，有神不拜，找我這個宅女幹嘛！」

「我們需要神的僕人，他還要有本聖經……」

御書表示「呵呵」，她家的聖騎士還真的轉職了，真不知道是自己造妖失敗，還是姜子牙這混球一直牽著她家孩子朝轉職之路狂奔不止。

「清微宮欠妳一次。」路揚奪過手機就說：「把那隻妖借給我，妳的要求只要是我能做到的事情，我都不會拒絕。」

「我對人生唯一的要求就是把自己種在家裡不出門！」

路揚快速地說：「不管妳家那兩隻妖將來會有多強大，會不會成真，只要他們不傷人性命，我都不會管。」

聞言，御書倒是沒被這條件誘惑，只是對於路揚願意做這樣的承諾感到訝異，看來事情真是很大條，她冷靜地說：「你們把事情快速說一遍。」

「沒時間了……」

「我現在就讓管庭過去，他也需要時間才能抵達。」御書不耐煩地說：「但到時他幫不幫忙再說！你們趁這時間把事情說給我聽。」

既然管庭已經在路上，路揚也樂意把事情說給御書聽，讓她分析一番。

御書聽完整段經過，讚道：「居然開車把你撞進醫院嗎？果然高招！」

路揚嘴角抽搐，聽這御書說話真是會把人活活氣死。

「既然你人在醫院，姜子牙肯定會在醫院照顧你，你爸做為一個長輩，這次事件的危險性很高，有喪命的可能，他不會要求姜子牙跟著去，正確吧？」

路揚一怔，確實如此。

「沒了姜子牙就沒了眼睛，要算計你爸就簡單多了，如果是我，我就會弄出一個你死翹翹的幻象，你說你那愛子如命的老爸會不會反而去幫助敵人搞出復活術這本書？」

聞言，路揚瞪大眼，幾乎握不住手機，接下來，御書說的話就像從遙遠的地方傳來，如此不真切。

「是說，我覺得敵人應該認識你爸，他明顯很熟悉你爸的個性。

「幸好他還忌憚阿路師，不想引你阿公出手，才沒直接把你搞死，選擇拐這麼一個大彎弄出死亡幻象來。

「不過壞處就是阿路師真的不能出手，否則對方看阿路師反正都出馬了，搞不好會乾脆把你們父子統統搞死，賭賭看阿路師和你媽會不會因此想弄出復活術來，他們兩個可都是超級強人！」

聽到這，路揚回神了，他喘著粗氣吼：「御書，幫我！將來你兒子就算吸人血我都不管，叫他盡量別把人吸死就好！」

電話卻被掛斷了，路揚正打算再撥過去，卻被姜子牙拉了拉衣袖，他比著天空，路揚抬頭一看。

黑夜中，一雙巨大的蝙蝠黑翼將滿月遮成了半月。

黑翅當空，降下來的人卻是一名身泛柔和白光的神父，金髮碧眼白膚，聖潔如神話中的天使，就差一雙白翅膀了。

「你們要聖書是嗎？」

管庭的手一攤，一本上頭繪製著金色十字的純白華麗聖經就飄浮在他的掌心上方，聲光效果做得很到位，看起來比劉易士那本還引人注目。

管庭微笑道：「姜子牙，你覺得我這本聖書怎麼樣？」

姜子牙由衷地說：「看起來真的很厲害。」

聞言，管庭滿意地看見聖書的光芒變得柔和，上面繪製的十字架從平面變成立體的雕飾。

「那就希望這本書厲害到可以幫上你們的忙了。」

「一定可以！」

這時，管家收起黑翅，一口氣落地，卻離管庭很有一段距離，他甚至無法正眼看過來，那本書的光芒快刺瞎他了。

管庭看了站在遠處的管家一眼，稍微挪動位置用身體遮擋聖書。

「所以，你們要我做什麼呢？」

管庭很是輕快地問，他的心情著實不錯，人在家中坐，書從天上來，雖然他不知道自己有這本書能做什麼，也不可能真的去當驅魔師，但有東西拿就感覺愉快！尚未做事，酬勞先拿，所以管庭變得很好說話。

路揚看著管家管庭這兩妖物，竟已經如此真實，他努力忽視心中不安，反正御書那人來歷和能力都深不可測，這兩妖物若真失控，也有她擋在前面。

路揚比著地上說：「你站在這個魔法陣內念出禱詞，讓書去照出大門的真實面貌，校門這麼明顯的標的物，我爸一定會用書檢查，大概也真的有檢查出問題，所以他才沒注意到腳下的問題。」

管庭如言站在法陣內，轉頭看向路揚，問道：「是什麼樣的禱詞？雖然我可以胡編出一大篇，但是直接用你爸的禱詞應該更好吧？」

路揚點頭，複述父親一貫的禱詞。

聽完，管庭收起笑容，讓「聖書」飄浮在自己的面前，聲音柔和卻沉穩，一聽就能讓人平靜下來。

「以主之名……」

越念下去，語氣越轉為肅穆嚴厲，最後用斥喝的口吻做結束。

「所有的汙穢與邪惡，在主的面前都無所遁形，我以主之名命你立刻現出真實面貌！」

演得真不錯，這隻妖簡直比他爸還像驅魔師！路揚臉皮都抽搐了，這架式搞不好比很多教廷的驅魔師都厲害。

念完，校門兩旁的柱子浮出七宗罪的圖騰，但腳下的法陣卻是什麼事情都沒有發生。

姜子牙立刻看向路揚，該不會沒有用吧？那就真的找不出辦法了！改去找老闆求救不知有沒有用？

路揚卻很平靜，他示意姜子牙跟上，兩人一起走進校門。

安靜無比的校區，既無聲音也無學生，似乎連樹都不敢在此搖曳，唯有沉甸甸的黑夜壓得人心都不安起來。

兩人互看一眼。

真的成功進來了！

CH.5 圖書館

節之一：惡魔

「子牙你要注意看清楚，什麼該砍什麼不該砍，全靠你的眼睛了。」

聽見路揚這麼託付，姜子牙有些緊張，慎重地點頭。

「別緊張，我的剔砍不死活人。」

路揚突然覺得自己這麼說似乎不好，只會加重姜子牙的緊張，但他又不得不提醒，只好亡羊補牢地加上這一句。

「我不會讓你砍中活人。」姜子牙一口咬定自己絕不會失誤。

見到姜子牙的堅定，路揚不自覺也放鬆了些，說：「那就靠你看清楚了。」

姜子牙點了頭，努力觀察著周圍，不知是否心裡緊張，總覺得哪裡都不對勁，光是校園沒人這點就超奇怪了。

他感到有些奇怪地問：「校園這麼明顯地不對勁，你爸會看不出來嗎？」

路揚皺眉說：「一開始的界可能不是這麼簡陋，我爸過來有段時間了，這界的範圍太大，要維持那麼長時間的界並不容易，剛開始可能維持得很精細，但後來就簡單處理了，畢竟我爸應該會直接埋伏在其中一個校園傳說地點。」

「他會去哪個地點？」

「圖書館。」路揚直說：「既然知道徐喜開的目標是禁書書架，我爸一定會守在最重要的地方，所以肯定是圖書館。」

姜子牙覺得有道理，而且圖書館也不遠，途中還會經過籃球場這個傳說地點。

說到籃球場，他們踏進校門後走得很快，已經可以看見籃球場了，雖然場邊的照明燈關著，籃球場十分陰暗，但路揚還是眼尖地發現場地中間有個白影，連忙招呼姜子牙過去看。

用簡易架子撐起來的白布以及一顆籃球？路揚蹲下來撥動那顆球，沒發現什麼不對，純粹就是一顆籃球，他轉頭說：「子牙，這是校園傳說中的人頭籃球嗎？你能看得出是誰的頭嗎？」

「是人頭籃球。」姜子牙從籃球上移開眼神，感覺十足不舒服，說：「是你的頭，御書說得真準，徐喜開真的打算用你來騙你爸。」

路揚皺眉說：「這個不可能騙過我爸，還能聯繫的時候，我打過電話給他，他知道我在校門口，而且說不會進校園，他有防備，不會那麼輕易被籃球場的傳說騙過去。」

姜子牙遲疑地說：「而且那塊撐起來的白布看起來好像是我的樣子。」

路揚一愣，臭著臉說：「走，等找到那個徐喜開，我剩一隻手都要揍死他！」

姜子牙覺得這場面如果真的是他捧著路揚的頭遞給劉易士，那他可以借兩隻手給路揚揍死徐喜開！

兩人沒遇上多少阻礙就來到圖書館前，什麼動靜都沒有遇上，甚至沒看見半個人，連一個警察都沒有。

路揚看向姜子牙，問：「沿路有什麼不對勁嗎？」

姜子牙搖了搖頭，猜測：「或許是因為他沒料到我們會過來？」

路揚皺眉，卻覺得不對，徐喜開來醫院看過他的傷勢，知道他傷得不重，只要一直聯絡不上父親，他肯定會過來。

「你多注意點，他肯定知道我們會來，可能主要的布置都在圖書館，那裡是禁書書架的所在地，又是封閉空間，一定比籠罩整個校園的界都厲害！」

「好。」

走近圖書館，兩人立刻發現不對勁，裡面竟然有燈光，互看一眼後，兩人立刻往裡面衝。

才打開大門，整個場面都變了，原本的圖書館走廊如今像是一管不停旋轉的漩渦，扭曲苦痛的人臉被困在漩渦中無法脫困，只能伸出無數燒得焦黑的手，拚命想抓住所有能夠抓到的東西，將自己拉出這個痛苦渦漩。

這是啥？這走廊看起來簡直像是要通往地獄！姜子牙目瞪口呆，路揚本還想問問他是否看見一樣的東西，一見這表情就知道答案了。

姜子牙結結巴巴地問：「路揚，這看起來像地獄的場景是正常的嗎？真的沒有太誇張？」

到底是他見識少，還是這宛如電影場景的狀況真的太超過了？

路揚冷靜地說：「很誇張，尤其是在國內，我們的主流信仰與西方不同，靈異鬼怪比這種西方地獄的場面要來得容易弄出來。」

聞言，姜子牙有所領悟地說：「是不是因為要弄出『復活術』，所以才必須要弄出『地獄』？」

路揚點頭，「應該是為了復活術沒錯，復活這種傳說其實在各地的神話都有出現，只是西方的宗教神話現在比較強勢廣為人知。」

「但就算是西方的宗教應該也沒有復活術吧？」

姜子牙覺得要有復活術這種東西，可能得找管庭去信他的書中那個教了。

「聖經其實也沒有提到七宗罪，我爸跟我強調過很多次沒那回事，但一些似是而非的根據傳來傳去，電影和小說又亂用，最後搞得大家都覺得有那麼回事了，我爸在國外就常常收拾一些非正統宗教的妖。」

路揚指著通道說：「這裡的場景與其說是宗教中的地獄，其實更像是電影裡會演示出來的地獄，根本不是真的。子牙你要記得，這裡的一切都是徐喜開布置出來的東西！」

路揚不得不強忍著對父親的擔憂，跟姜子牙把這些事情說個清楚不可，就怕他的左眼反而變成敵人的助力。

「不用擔心，我知道這都是假的。」姜子牙明白路揚的意思，堅定地說：「我們是走進圖書館不是其他地方，我不會忘記這點，現在最重要的事情是去找你爸。」

路揚點頭後看向走廊，仍舊是恐怖的人臉漩渦通道，然而原本密密麻麻的燒焦手臂卻在姜子牙那番話說完後消失無蹤，這破界的速度也是夠快了，簡直可以氣死一狗票辛苦架界的人。

「走！」

兩人走進通道，姜子牙努力不去看地上，不只是牆壁，就連地面也全都是人臉，踩起來軟綿綿的，讓人感到很是不適。

才走沒多久，附近便傳來幾聲巨大的聲響，兩人同時停下腳步，又聽見幾聲，路揚不由得皺眉，他覺得這聲音很耳熟，然而在界的影響之下，聲音也遭到扭曲，非但聽不出原本到底是什麼聲響，還隱約聽起來像惡魔的嘶吼……

「槍聲！」姜子牙驚呼。

這兩個字猛然激醒路揚，哪有什麼惡魔的嘶吼，這一聲聲的「砰砰」就是槍聲！隱約地，還能聽見有人在喊「不要開槍」，這才逐漸沒了聲音。

姜子牙抓起路揚的手，跑向他聽見的聲音來源，全神專注地跑向目的地時，周圍的苦痛人臉漸漸沉入壁中消失，牆面的漩渦漸漸慢下來，最後平復成普通的牆面，隱約浮現出精緻的木製裝潢，嵌在牆面上的金屬琉璃盞燈，看起來十分古典而華麗。

見狀，路揚閃過一絲疑色，他對圖書館不熟，僅僅來過兩三次，還都是為了找姜子牙而來，找到人就走了，沒有多做停留，但印象中，圖書館似乎不是這種裝潢。

但他沒來得及疑惑太久，姜子牙就拉著他往下走。

路揚先問：「地下室原本是什麼？」

「視聽和研究區，大廳有幾十個單人座可以看影片，周圍全是小型包廂可以供多人看視聽資料，或者讓研究生借去用。」

眾多分隔開來的小區域，真是麻煩的格局。路揚覺得很麻煩。

但沒想到，他們人還站在樓梯上，僅能看見部分的大廳，就已經看見劉易士和他身後約十名的警察，他們神色緊張，像是走在地獄深淵，然而現實場景卻只是他們站在地下室的大廳。

「爸！」

劉易士一怔。

這麼輕易就找到父親了，路揚雖沒看出疑點，但還是有些不安心，轉頭看姜子牙，眼前這一個真是他爸？

姜子牙上下打量一番，還是沒發現什麼不對的地方，於是點了點頭。

沒想到，他才剛點了頭，劉易士卻舉起手中的槍對準兒子。

路揚瞪大眼，立刻將剔橫在身前，高喊：「爸，我是路揚，你仔細看，這是我的剔！」

在界中，人會產生幻象，將熟人看成其他人甚至是惡魔，這就是為什麼不能在界裡開槍，太容易被誤導而殺死自己人，但不管是怎麼樣的界，都很難將剔這樣的存在合理化，這是個很大的破綻。

劉易士擁有多年驅魔經驗，該比任何人都懂這點，路揚不明白他怎麼會在界裡舉槍。

「剔……」劉易士喘著粗氣，怒道：「不准碰我的兒子！」

一聲槍響，路揚沒有料到劉易士真會在界裡開槍，他立刻推倒姜子牙，幸好劉易士的目標本就不是他們兩人，卻是飄在空中的剔！

他這一開槍，讓所有警察都有了目標，開始瘋狂朝剔開槍。

路揚不敢賭劉易士開槍的目標會不會突然從剔轉成他這個親兒子，剔不怕子彈，但他怕！他只能躲在單人視聽座後，努力叫著「爸」，希望可以喚醒劉易士。

姜子牙則打從被路揚推倒後就趴在地上不敢起來，雖然他沒有成為目標，但是聽著槍林彈雨，這聲音大得讓人根本動都不敢動，真實的槍聲比電影演的要來得嚇人多啦！

他轉頭朝著躲在旁邊的路揚喊：「路揚，我會不會又看錯啦？那真的是你爸嗎？」

路揚也很不想認這個朝兒子開槍的爸，然而……他咬牙大吼：「幻象就算弄出開槍場景，也不會搞得這麼大聲，這種音量會直接把我們兩個從幻覺中震醒，這肯定是真人開的真槍！」

所以肯定是親爸在朝他這個親兒子開槍！

其他警察可能早就嚇到分不清現實和幻境，但劉易士可不會，這音量早該震醒他了，真不知道到底發生什麼事，才會讓他陷入這種不理智的狀態。

路揚眼見這樣不行，這種狀況也沒辦法讓姜子牙去找界的破綻，連頭都抬不起來了，找什麼破綻！他正要念咒讓剮不分目標全部一起砍的時候，不知是子彈打完了還是如何，劉易士終於放下槍。

「小揚，回來……」

槍聲已歇又聽到叫喚，路揚明知可能有危險，還是忍不住悄悄地探出一點頭來，發現自家爸爸正恍神地走向樓梯，而樓梯口站著一團烏黑的東西，正朝著劉易士伸手。

「簡志的天使？」姜子牙訝異地說：「祂怎麼會在這裡？」

眼見爸爸快被入魔的天使拐走，路揚連忙站起來要去追，然而卻看見剮的劍身朝自己的身後一指，他立刻撲倒，這時子彈呼嘯而過，若不是剮及時示警，路揚真有可能就這麼莫名其妙被自己人打死了。

「惡、惡魔！有種就來我這邊！」

胡立燦咬著牙強忍顫抖，一臉要慷慨就義的模樣。

再次龜縮回單人座後方，路揚覺得很火大，都說了幾次不准開槍啊！槍又打不死幻象，只能打死自己人，結果一個個都當耳邊風是吧？這次居然連親爸都犯忌了，真不知是什麼見鬼的狀況！

路揚將雙指一併，念咒蓄力，剔飛到大廳的中央，警察們嚇得跟路揚一樣躲在單人座後方，拚命朝那把劍開槍，也不知道將剔看成什麼東西。

「天地自然，穢氣氛散，八方威神，斬妖縛邪，凶穢消散，道炁長存，急急如太上老君律令勅——剔，給我剔除所有不該存在的虛幻！」

剔當空飛旋，速度越來越快，幾乎成了一片圓形，現場連空氣扭曲變形，彷彿被劍的飛旋給吸進去。

路揚下樓時就沒看見幻象，只能從空氣的扭曲已停止來判斷應該是掃乾淨了。

「這是哪裡？」

「我們不是跟劉先生進了圖書館後被困在迷宮嗎？」

「還有那個惡魔呢？」

警察們一個個茫然，看看左右，完全搞不清楚發生什麼事。

路揚立刻衝過去，狠狠給胡立燦一個大巴掌，打得對方頭都歪一邊，半張臉瞬間紅了。

「仔細看看我是誰！」

讓你亂開槍，不能打親爹，難道還不能打你嗎？

胡立燦痛得齜牙咧嘴，正過頭來就瞪大眼，驚呼：「路揚？等等，這次是真的路揚嗎？」

真的？這次？路揚皺眉，這是接連看到他的幻象了嗎？

姜子牙站起來，甩了甩頭，覺得自己耳朵都要聾了，到現在還在發抖，真是嚇死人，真的槍戰聲音可比電影上看到的畫面恐怖多了！

他說起自己看見的東西，「路揚，之前你還沒用剔的時候，地上有很多個你……的碎片。」

姜子牙一被路揚推倒在地，滿地鮮血殘肢斷體，他差點嚇得跳起來，只是後來槍聲不斷，他根本不敢爬起來，後來想到自己可以幫忙找界的破綻，識破界以後，劉易士應該也就醒了吧？

他趴在地上，盡可能四下張望，一轉頭卻看見半張路揚的臉，另半張是模糊的血肉，其他部位散了一地。

若不是路揚就躲在旁邊的單人座，姜子牙肯定要嚇掉半條命，後來，他隨便轉頭看看就看見六隻手、四條腿，外加兩個腦袋，這滿地的碎肉堆起來起碼有五個路揚吧！

路揚聽了這話很無言，這是死了又死是吧？難怪他爸要瘋！這種大卸八塊的死法加上劉易士說的話，八成是剔噬主將他砍成碎片，所以劉易士才會拚命對剔開槍。

「去把你的同伙都打醒，不准再開槍啦！」路揚怒吼完，對姜子牙一喊：「我去追我爸，子牙你帶他們到門口後再來找我。」

說完，他跑向樓梯，急匆匆地追上去。

姜子牙連忙跟著胡立燦一起去把警察喚醒，幸好大家都回神回得差不多了，只有兩人還在呆傻，需要大巴掌的幫忙才清醒過來。

比起進來，出去並沒有遇到什麼困難，姜子牙沒有如路揚說的話把人送到門口就走，而是拉開圖書館大門，仔細看看外頭，確定沒有問題，這才送所有警察出去。

胡立燦走在最後面，踏出門口後，他轉過身把佩槍遞給姜子牙。

姜子牙一愣，連忙說：「不用給我槍，界裡面不能開槍，而且槍也打不中幻象。」

胡立燦立刻解釋：「不是幻象，是真的有人，一開始，他裝成劉先生的模樣，說什麼路揚被抓了，他要進去救兒子，把我們都騙進來，結果下來就進了一座大迷宮，怎麼走都走不出去，後來真的劉先生來了，才把我們弄出來，我敢說把我們騙進來的那個一定是真人！」

「那傢伙是徐喜開吧？」

胡立燦皺眉說：「雖然我不能肯定，但可能不是他。這些真真假假的幻覺真麻煩，一開始我還把他看成劉先生呢，但他說話和動作都不像年輕人，反而比較像劉先生那一輩的。」

聞言，姜子牙想到路揚說過徐喜開背後一定還有人。

「重點是他有佩槍。」胡立燦說：「劉先生的槍是我給他的，那個人的腰間也有佩槍，我懷疑那可能是真槍，所以你把槍拿去，你不會用就給路揚，以防萬一。」

「好，你們去找找其他傳說地點的警察吧，只要不進去傳說地點就好，我覺得今晚會出事的地點應該就只有圖書館了。」

圖書館就這麼大陣仗，如果其他地點也一一出事，這根本是個犯罪集團吧！但目前看起來應該只有徐喜開和那個不明人士。

姜子牙接過槍，正要關上大門時卻被喊住了。

「姜子牙。」胡立燦不安地說：「你說滿地的斷肢是路揚？但我們看見的是惡魔不斷被一把劍砍碎，還以為那是劉先生做的，雖然他那時看起來確實有點不對勁，除了剛開始用書照出惡魔的真面目，後來幾乎都沒有動彈，我們在他背後也不知道發生什麼事，只能看著惡魔被砍碎又生出來……」

姜子牙想了想路揚一貫的說法，解釋：「幻覺有時會因人而異，對你們來說，這場面應該會出現恐怖的惡魔，但對劉叔叔來說，兒子被殺大概比惡魔要可怕多了吧。」

「原來如此。」胡立燦鬆了口氣，低聲咕噥：「還以為是什麼暗示，嚇死人，本來是路揚，被劉先生照出真面目是惡魔假扮的，後來怎麼又說地上的屍體是路揚了，這亂七八糟的，原來是看到的東西根本不一樣……」

姜子牙嘆了口氣，這才過多久，他已經開始從被解釋的一方成為跟人解釋的那一方了。

一把關上門，門框卻發出一陣亮光，那光順著門上的七宗罪圖騰繞了一圈後，姜子牙發現背後明顯變暗了。

慘了！

深呼吸一口氣，回過頭去，又是那個漩渦人臉通道，而且連原本已經消失的無數手都沒缺席，姜子牙的臉都黑了。

節之二：天使

劉易士滿日皆紅。

任憑哪個父親眼睜睜看著兒子在面前死了無數次，還是被活活斬成碎屍，眼都能如血般紅。

一開始的籃球場人頭籃球太過粗糙，一看就知道是假的，恐怕對方也沒想過用這個可以成功騙過他，那只是為了後面的車禍現場鋪路。

剛看見路揚出車禍，那瞬間是真有點嚇到他，畢竟兒子才真的剛出車禍，但當那個「姜子牙」開始引領他朝著復活術的方法去想時，破綻立出！

一起了疑心，劉易士手上的「兒子」重量就不對了，路揚的外表看起來雖不粗壯，實則非常精壯，他的體重說出來十個人有十個都不會信，然而現在手上被車撞的兒子卻輕飄飄的，他都可以輕鬆抱起來。

劉易士當下決定將計就計，跟著「姜子牙」回到圖書館，想著或許能引出徐喜開背後那人，不料卻發現埋伏在圖書館外的警察們全都不見了，他立刻回頭想抓住「姜子牙」，卻被對方早一步用槍指住，只能眼睜睜看著他逃離。

劉易士沒有別的選擇，只能帶著兩名警察進圖書館去找胡立燦他們。

雖然人找到了，他們卻被堵在地下室出不去，劉易士只能一次又一次看著惡魔從樓上走下來，用聖經照了惡魔會變成路揚，再照一次就又變成惡魔，最終不管如何都會被跟在旁邊的剔活活砍死，留下滿地兒子的屍塊。

不得已之下，劉易士只好裝作終於發了狂，瘋狂對剔開槍，跟著墮落天使的引領，這才終於脫離地下室。

劉易士不得不承認一次次看著兒子悽慘地死去，確實影響到他的心境，必須要速戰速決，否則留在地下室的警察和校門口的兒子都會有危險，而他也不知自己還能撐多久……

「爸！小心——」

劉易士回過身又看見一個「路揚」追上來，但他的背後卻跟著剔，毫無察覺那把本該是同伴的劍正朝他當頭砍下。

劉易士毫不猶豫朝那把該死的劍連開三槍。
劍崩解了，碎了一地。
路揚朝後方地上看了一眼後，緩緩回過頭來，對劉易士扯開滿滿的笑容，輕笑道：「不要在界裡面開槍喔，很容易誤中自己人的，劉易士先生，難道你不懂規則嗎？」
劉易士僵住了，地上的劍碎片緩緩聚集在一起，黏出一副最讓人心碎的場景。
「路揚」漸漸變了容貌，蒼白瘦高的男子，正是徐喜開。
「現在，劉先生你想不想要復活術呢？」

姜子牙花了點時間才通過長廊，他總覺得這一次要比上次難多了，最後都不知道發生什麼事，他也沒多嘗試什麼，通道就突然變回原本的樣子——不，這壓根不能說變回原本的樣子。
姜子牙不知道現在是怎麼回事，這個古典雅致的走廊絕對不是學校圖書館，雖然看著也像是一座圖書館，卻是那種世界級的觀光聖地，他們不過是一所區區的地方大學，這得賣了全校學生才會有這種等級的圖書館吧！

「嗨！」

姜子牙嚇了一跳，抬頭看向出聲的人。對方靠在樓梯的雕花扶手上，一派悠閒的模樣。

穿著打扮全然不同，金色圓框的小眼鏡架在鼻梁上，身上的衣著也是很符合周圍古典環境的襯衫背心與西裝褲，乍看很有管家之前的風格，全然不像現代的年輕人，若不是大致還是屬於蒼白瘦高的類型，那張臉也變得不多，姜子牙還真有點不敢確定。

「徐喜開！」

姜子牙拔出槍來，就算不會用也要硬著頭皮上。

「沒人告訴你別在界裡開槍嗎？」

徐喜開不怎麼在意地說：「一個個都沒在聽路揚說話，真是可憐，乖乖聽話的人總是最倒楣，瞧瞧他的下場，你開槍倒是也沒錯，射錯人總比自己被槍殺來得好多了。」

聽到這話，姜子牙一怔，卻想到路揚教過不能被敵人動搖，否則會更容易陷入界中分不清虛實，他喊道：「你省省吧，我不會被你騙的。」

徐喜開懶洋洋地說：「知道了，你有那隻眼睛，誰能騙過你呢？」

雖然御書早猜到對方知道他有真實之眼，但姜子牙總抱著一絲希望可以繼續隱瞞下去，畢竟不管是誰，都跟他說過有這隻眼睛是很危險的，容易被道上人盯上，甚至全家都會被盯上！

徐喜開笑道：「別擔心，我對你的眼睛只有一個想法，那就是幫我弄出復活術來，往後，我保證不來煩你，就算你的祕密洩漏，也絕對不是從我口中說出去。」

「你作夢！」

徐喜開笑了，那姿態讓姜子牙感覺不對，有點像……仍舊是像管家，蒼白又優雅，感覺和自己不是同一個世界的人。

「哈哈——你們每一個都是同一個樣子，口口聲聲不能弄出復活術，但當摯愛的人死去時，就連天使都會墮落成魔，區區人類又能做出什麼不一樣的抉擇？」

姜子牙暗暗心驚，這語氣聽起來還是像管家——喔不，其實比較像管庭，嘴比管家毒一點，但用詞說話就算是在損人也絕對優雅。

管家和管庭的共同特徵就是不算在人類範疇內。

徐喜開偏了偏頭，傾身向前，問道：「姜子牙，路揚死了，你要讓他就此消失嗎？嗯？告訴我，你會不會做出不一樣的選擇？」

路揚……怎麼可能！姜子牙瞪大眼，拚命告訴自己不能被對方動搖，這一定是假的，手指別抖啊！

「你不敢殺路揚，你敢動他，阿路師絕對不會放過你！」

徐喜開樂了，「呵」的一聲說：「人又不是我殺的，他被親生父親連開三槍殺死，只能怪父親為什麼要違反規則在界裡開槍囉！」

聞言，姜子牙就算再不想承認這是事實，卻還是明白徐喜開沒有騙他，今晚這一連串的事情確實都圍繞在一個人身上，徐喜開的目標從來不是別人，就是劉易士！

「他知道嗎？」

「嗯？」

「劉叔叔知道他殺了路揚嗎？」

徐喜開微笑：「你以為我剛剛說了一大篇是在說誰呢？他不僅知道，還已經做出決定，現在就剩下你囉，你知道，要找到這麼多個有強大特殊能力的人和妖可不容易。」

姜子牙不自覺地放低槍口。

「林芝香的咒詛成真，多年來日日夜夜不間斷地詛咒自己是天煞孤星，讓她的能力超乎尋常，若不是她及時離開親兄長身邊，她那個瘸腿哥哥也是必死無疑。

「天使的許願祝福，祂的能力既難得又強大，區區一個幻妖守護靈的能力竟可以讓簡志多年來一直保持正面思考，可惜只是一個幻妖，祂的能力還是不夠強，所以我稍稍給了祂一些成為幻之上的動力，本想簡志之死能讓祂成為虛就不錯了，沒想到祂還真有能耐，雖不到成真，卻也凌駕大部分的虛之上，成為半真半虛的存在。

「劉易士的聖光照耀，可以照出一切事物的真實，讓虛假之物無所遁形！

「最後，還有你的真實之眼。」

徐喜開沉下臉，冷說：「現在你明白我有多認真要讓這本復活術成真了嗎？有再多的阻礙，我都會一一掃除，如果你覺得路揚只是個同學，分量不夠重的話，那我可能要到你家叨擾了，相信那裡會有一些分量更重的人物。」

姜子牙只能放下槍。

徐喜開手撐在樓梯扶手上，淡然地說：「所以說，不都是一個樣子嗎？」

「那你呢？」姜子牙喊道：「你也是一個樣子嗎？你想復活誰呢？」

徐喜開冷漠以對，從高處俯視他，說：「這與你無關，立刻上樓來，再拖下去，等天亮了，那些警察來攪局，破壞復活術的取得，不用我出手，劉易士就會讓你生不如死。」

聞言，姜子牙只能乖乖走上二樓，跟著徐喜開到圖書館二樓。這裡竟是個樓中樓，三樓靠在圍欄邊就可以俯視二樓，他可不記得學校圖書館有樓中樓。

所有人都在書架前面，聽見腳步聲，回頭過來看徐喜開和姜子牙。

失蹤多日的林芝香正在默默流淚；天使坐在地上，泥濘的下半身露出半節手臂，祂緊抓著那隻手臂，雙眼茫然。

劉易士沒有回頭，但看背影，姜子牙就知道這是真的劉易士沒有錯，他第一次知道，光看背影就能看出一個人的悲慟。

「劉叔叔，路揚呢？」

劉易士終於回頭，雖然只是稍微偏了點頭，目光甚至都沒有注視著姜子牙，他的雙目充血俱紅，眼睛眨都不眨。

「在旁邊的包間裡。」徐喜開幫忙解答，「不把路揚帶走安置，他什麼事都沒辦法做。」

姜子牙點了點頭，沒有提出要去看看路揚的話，看見劉易士後，他再不懷疑這是不是陰謀，路揚是真的死了。

說好的不算在人類範疇呢？

姜子牙強忍眼中的酸澀，站到書架前的行列中，令他感到意外的是，徐喜開竟然也站進隊伍的行列，想來他應該有什麼特殊能力，不然也不能整晚把他們耍得團團轉。

「開始了。」

聽到這陌生的嗓音，姜子牙瞪大眼，看向三樓。一個人站在那裡，他的背後是一大片彩繪玻璃，玻璃外竟是強烈的日光，因為逆光的因素，根本無法看清那個人的長相，剛才說「開始了」的嗓音也很沙啞，除了知道是男人，其他根本聽不出什麼來。

但現在明明就是晚上。

他們到底是進到什麼地方了？

「一……」林芝香率先開了口。

姜子牙也只能跟著開口喊一，一行人就這樣口中喊著數字，一排排地書架走下去。

眾人的腳步都十分沉重，姜子牙對復活術的看法只有這本書真的能復活路揚嗎？復活的路揚又真的是路揚嗎？

姜子牙可沒有忘記李瑤的事情，如果那個認得出他和路揚的「李瑤」只是個妖，那他們又該怎麼分辨復活的路揚到底是真是假？

「七……」

姜子牙看向劉易士，比起其他人或者天使這隻妖物，他似乎更加堅決不可動搖。

「十一……」

眼見十二就要到了，姜子牙停下腳步不喊了，掙扎地對劉易士說：「阿路師曾經跟路揚說不可能的事就是不可能，叫他不要亂信，如果復活過來的人已經不是路揚，那該怎麼辦？」

劉易士怒視過來，緊抓住姜子牙的手臂，他的牙關咬得死緊，幾乎是從牙縫擠出話來。

「喊！」

姜子牙的手臂很痛，幾乎有種快被抓斷的感覺，但劉易士的眼神卻不是威脅也不是恫嚇，而是懇求，身為一個父親的哀求。

他無力地喊出：「十一。」

最後一排書架。

「十、十……」

林芝香哽咽著，遲遲喊不出那個二來，她原本只是以為自己拖累同學而感到愧疚，但到如今也發現不對勁了，那個慫恿她贖罪的徐喜開就是這一次的主謀！

他怎麼能說這一切都是她的錯，是她的天煞孤星命害死那些人，這一切明明都是他幹的！

若不是知道路揚死了，若不是天使的哀求想復活簡志，還有徐喜開威脅要殺她哥……

但剛才姜子牙的話讓她動搖了，復活術是真的能復活死去的人嗎？但怎麼可能是真的呢？如果能夠復活，誰又願意死呢？整個世界會因為這本復活術而天翻地覆嗎？

林芝香瞄了劉易士腰間的槍一眼，她想過，如果不願意做又要保住哥哥，唯一的方法是她直接自殺，這樣一來，再跑去殺死她哥也沒有意義，或許徐喜開會放過她哥……

「我會殺了他。」劉易士直接拔槍，將槍口壓在林芝香的額頭上，再重述一次：「我會殺了妳哥。」

「劉叔叔！」姜子牙驚呼。

林芝香看著眼前威脅要殺死她哥哥的劉易士，卻完全無法恨他，因為對方眼裡的悲慟太深。

她閉上眼，喊：「十二。」

「十二。」徐喜開無悲無喜地喊。

劉易士的眼神移到姜子牙的臉上，不用開口，姜子牙都知道他的意思：別讓他開口威脅兒子最好的朋友。

「十二。」姜子牙無力地喊。林芝香有哥哥，而他有姐姐，禁不起威脅。

如今，就剩下天使，無親無故無人可威脅祂。

天使摸著泥濘中的手，茫然地抬起頭來，血淚從眼眶流下，張了嘴……

「我的孩子，祢為什麼哭泣呢？」

姜子牙反射性隨著聲音來源抬頭一看，直接瞪直了眼，半空中竟出現一團柔和的光芒，一道人影被籠罩在光芒之中，那人影的背後竟有著三對潔白的羽翅！

如果沒看錯的話，頭上好像還有光圈。

姜子牙抽抽嘴角，要不是光芒柔和並不刺目，可以看清籠罩在光裡的那張臉，他還真以為神降臨了，可惜他看得太清楚，這不是神降臨……

是神棍降臨！

管庭，真有你的！

徐喜開臉色一變，動作比劉易士還快，拔槍就射中飄在半空的神棍。

在姜子牙的眼中卻是娃娃被槍射掉一隻娃手，然而本體缺手對管庭保持神般的外貌好像沒有什麼妨礙。

對其他人來說，那一槍看起來就是毫無用處，直接穿過去，什麼都沒打中。

「簡志……沒有了……」

管庭溫和地說：「凡信主者，必上天國，簡志可信主？」

天使眨眨眼，血淚停了，張大嘴，一副無比訝異、恍然大悟的模樣。

祂大喊：「信！簡志，信！」

「既如此，簡志已在天國，祢為何因此哭泣？應當歡欣祝福，待祢完成在人世的任務，便可到天國見簡志。」

「任務？」天使不解地看著神。

不是神，是神棍。姜子牙在心裡補充。

神棍庭溫柔地說：「為人世帶來祝福、希望與美好，待祢完成任務就能上天國與簡志相聚。」

顯然這任務很合天使的意，祂露出久違的笑容立刻點頭答應，似乎恨不得立刻到處潑灑愛與希望，期待能夠早日上天國見簡志。

一隻虛騙了一隻半真半虛，姜子牙不知道該說管庭厲害，還是這隻天使太蠢萌。

劉易士怒吼：「他根本不是神，只是一隻妖！在主的榮光之下，所有虛假將蕩然無存！」

他召喚出聖經，管庭臉色一變，卻不知自己該怎麼辦，只好也跟著喚出自己剛得到的那本書來。

「劉叔叔！快住手！」

姜子牙想阻止，他毫不懷疑御書有多愛管家管庭這對兄弟，哪怕嘴上多嫌棄多怕他們升級，行為卻完全不是那麼回事，要是劉易士把管庭殺了，御書一定會真正抓狂。

姜子牙沒能幫上路揚的忙，不能再眼睜睜看著路揚的父親和御書對上！

他撲倒劉易士，都顧不上對方手上還拿著槍，但卻已來不及，聖光已朝著管庭照去，管庭只能掩面遮臉，這時，他的書卻自行飛到身前，發出光芒，這光甚至不輸給劉易士的書。

兩本聖書的交鋒，光芒卻不是彼此對抗，而是直接融合成巨大的光團，天使位於兩人的中間，首當其衝，下半身的泥濘被這光一照竟發出滋滋響聲，祂慘烈的尖叫也宛如被放在火上烤。

「快住手！」林芝香著急地大喊。

經過一晚相處，她早已不怕這名墮落的天使，祂只是悲慟簡志的死而已，就算變成這副泥濘汙穢的模樣，只要旁人不去碰簡志的屍身，祂甚至都只會窩在角落不動彈。

林芝香不顧光芒會對自己造成什麼傷害，衝進去抱住天使，然後抓著祂往外一摔，兩人直接跌出光團。

林芝香摔得頭昏眼花，一回神立刻看向自己緊抱著的天使，問：「祢沒事吧……」

還沒問完，她就發現不對勁，呆愣愣地看著天使。

天使也望向她，祂已不再尖叫，巨大汙穢的泥濘下半身消失無蹤，卻也不是恢復到以往當守護靈時，下半身半透明如鬼魂的狀態。

祂有一雙真正的腿，極美卻真實的中性美臉龐，看起來竟完全像個真人——一個擁有天使美貌的西方人。

眾人都不知發生什麼事，姜子牙卻是一眼就看穿了，祂的狀態和管家管庭一模一樣，那對兄弟有娃娃可以附身後，真實度直線上升。

天使也是一樣，只是祂附身的東西不是娃娃，而是簡志的屍體。

突然間，祂被陰影籠罩住，抬頭一看。

「喊十二。」劉易士冷道：「否則即使是現在的祢，我的聖光仍舊可以讓祢現出真身。」

真身……天使怒了，因祂的真身就是簡志的屍身，對祂來說，那是誰都不能動的寶物！

「劉易士，請住手！你知道自己在做什麼嗎？」

他不知道！劉易士不能去想，否則胸中的悲慟能將他整個人燒穿，他怎麼會這般愚蠢，犯下永不能原諒的錯誤……

這是管家的聲音。姜子牙並不意外，管庭既然在這裡，管家肯定也在，只是不知道為什麼剛才沒有出現。

「爸，你慘了，媽如果知道你對我開槍，你說她會對你怎樣？」

劉易士和姜子牙皆是一震，立刻扭頭看向門口。

路揚整個人靠著管家的身上，臉色蒼白，必須靠管家抓著他的肩膀、還得扶著腰部才有辦法勉強站立，但他卻是真真切切地活著！

「你媽會說……」

劉易士哽咽了。

「不過就中三槍而已，你怎麼敢躺在那裡裝死，是想嚇死你爸啊？還不快點起來。」

路揚露齒而笑。

「這不就起來了嗎？」

節之三：書

劉易士正想去看看兒子的傷勢，卻聽見槍響，臉色大變。

管家一個迴旋，身後的大披風包裹住路揚，將他整個人往旁邊一帶，丟給蹲在地上的天使和林芝香，隨後他朝著開槍的人撲過去，速度快得像是瞬間移動。

那人卻以同樣的速度閃開，隨後竟直接從二樓跳上三樓的扶手。

管家站在二樓看著那個人，神色一動，卻沒有跟著跳上三樓，那裡還有另一個人，管家敏銳地感覺到那人的不可招惹，他只是奉主人之命來幫忙的，跟著踏進圖書館已經是看在姜子牙的份上，他可不打算為了幫這個忙讓自己受傷甚至消失，主人會傷心的。

管家看了看管庭，嘴上不管如何苛刻，管庭總是心軟的那一個，這次出來幫忙幫到掉了一隻手，回去肯定會被主人削一頓。

管庭也知道他在想什麼，撇過臉去，只喊了一聲：「還不走？這次真的虧大啦！

早知道就不來了。」

管家微笑，就是提醒其他人要注意他們的離開，也是這麼彆扭。他跳上高空，抓住彆扭的弟弟，展開黑色蝠翼，撞破窗戶離去。

徐喜開看著兩人離開，朝旁邊那人一瞥，見他對那兩隻妖的離去沒有反應，徐喜開也就不在乎，任憑他們離開，反正那兩隻妖走了以後還比較好處理。

那人正與劉易士對望，後者展開自己的書，那聖書彷彿是在宣洩擁有者的怒火，翻頁翻得非常快速……

路揚被丟下後，整個人直接坐靠在天使身上，那張天使感十足的盛世美顏真叫他讚嘆不已，就是分不出男女這點真讓人有點困擾。

天使低頭看著他，美眸眨了眨，手在路揚的身上輕柔地撫過去，後者差點要喊救命性騷擾的時候，他開口說：「願您早日康復。」

語音一落，路揚還真的覺得自己好了許多，當然不是全然康復，但絕對比剛才吊著一口氣的狀態好上許多。

「……您哪位？」

路揚簡直奇了，他不過倒了一下，醒來就整個世界都變了，先不說復活術有沒有被敵方弄出來，友方倒是先弄出治癒術來了？

「祂就是天使啦！」姜子牙衝過來，怒道：「你要嚇死我啊？你知不知道你一出事，你爸都要瘋啦！要毀滅世界啦！你怎麼敢裝死啊？」

路揚苦笑道：「我沒裝死，是真的中了三槍，有一槍打在胸前讓我閉過氣了。」打在胸前是該閉氣而不是斃命嗎？姜子牙開始思考自己的老同學是不是不用經過復活術，其實就不是人類了。

路揚低聲快速地說：「剔替我擋下那一槍，只是祂被子彈的力道衝擊到直接撞上我的胸口，我直接就閉氣休克了，如果不是管家過來發現我沒死，及時幫我做心肺復甦術，我搞不好就真死了，這點別跟我爸說啊！」

姜子牙聽得臉都黑了，只恨自己剛才沒有提出要看看路揚，要是管家管庭沒跟著進圖書館，這事還能善了嗎？

路揚勸道：「別自責了，連我爸都以為我死了，你來看也是一樣的結果，那個管家能發現還是因為他的人物設定是吸血鬼，他說他的視線可以穿透皮膚看見血液流動！」

人都不如妖有用了。姜子牙有些默默憂傷。

路揚見姜子牙的反應就知道，對方不是真的明白剔擋子彈這事到底有多誇張，剔根本沒有實體，他這個主人連碰都碰不到剔，這一次，剔竟能給他擋子彈了？

呵呵，現在搞不好能用剔切西瓜了。

路揚看向父親，對方正與三樓那兩人對峙，不說那神祕人到底有什麼手段，以一對二就落下風了，他原本以為自己動彈不得，想幫忙也沒辦法，只能乖乖躺著不動，但現在卻有了轉機。

他拉住天使，苦苦哀求：「能再摸我一次嗎？不，要摸就摸兩次或者三次更好！幫忙摸個全身上下，感激不盡！」

「……」姜子牙和林芝香都不忍卒睹。

天使眨眨眼，乖巧地幫忙摸遍路揚全身上下，直到林芝香看不下去，拉著天使避開這個怪哥哥——或者是怪弟弟，附身在簡志身上的天使看起來倒是和三名大學生差不多年歲。

路揚站了起來——在姜子牙的攙扶之下，雙指一併，剔衝出去在父親身邊圍繞盤旋。

「把剔收回去護衛你自己。」劉易士全神貫注在三樓那兩人身上，頭也不回地說：「這個『徐喜開』去醫院只是為了激你，確保你會過來校園而已，他那時應該隱藏了實力。」

徐喜開只是冷眼看著他，對這話並沒有什麼反應。

姜子牙開口說：「他在這個界裡的模樣和外面不太一樣，在外面的時候明顯更瘦一點，而且也沒有現在這種……氣勢。」

這麼說應該對吧？就好像管家一樣，平常看起來是個很溫和的人，但一轉換成吸血鬼型態，就像剛才那樣，雖然還是一張溫和帶笑的臉，但氣勢明顯大不相同。

呃，這麼說起來，剛才這個徐喜開和管家對打的時候是不是直接跳上三樓啦？這裡可是挑高樓層啊！莫非他和管家一樣，根本就是妖吧？

姜子牙低聲問路揚，「如果沒受傷的話，你能從二樓跳到三樓嗎？」

「能啊。」

好，這果然還是他無法理解的世界。姜子牙無言以對。

「不過得借個力，沒法像徐喜開那樣直接膝蓋一曲一跳就上去了。」

「但徐喜開應該不是純粹的妖物。」路揚看向天使，若有所思地說：「說不定，他和你家老闆的狀況有點像。」

什麼？姜子牙不明白怎麼就扯上老闆了，難道他家老闆真的不是人嗎？

這時，劉易士開口冷說：「你的算計，清微宮和杭特家族都記下了！」

姜子牙低聲問：「你爸那邊也有家族啊？」

「有啊，整個家族就剩我爸和我。」

「……」這也算家族？

路揚一笑，杭特家族是沒什麼人了，但人情債可不會因為家族人多人少而一筆勾消。

堂堂的驅魔家族為何人口凋零到就剩一對父子？就是因為驅魔的危險性太高，不時得賭命，這種用命來累積的人情債可驚人了，既然杭特家族就剩下他和劉易士，所有人情當然統統都堆在他們頭上了。

那人終於再次開口說話。

「一次惹上兩方，連我也覺得有些吃力，不如用人情來抵債，如何？」

劉易士怒不可遏地吼：「我兒子的命，你居然妄想用人情抵？作夢！」

對方沙啞地笑了幾聲：「你兒子是你自己開的槍。」

劉易士一滯，他忍不住瞥了兒子一眼，後者彎曲手臂秀出二頭肌表示自己頭好壯壯，車禍中槍什麼的都不在話下，結果忘了自己左手還骨折，痛得當場倒在姜子牙懷中眼淚汪汪的。

……有時真不想承認這是親兒子，這個性跟他媽怎麼就這麼像呢？

劉易士冷笑：「算計一大圈，為此害了多少條人命，現在想賴我是自己開的槍？」

那人影沉默良久說：「劉易士，我的人情，你會需要的。」

劉易士低頭沉思，他早已從第十二個書架的縫隙之間看見第十三個書架，黑色的書架。

沒有人說缺了一名天使喊十二，書架就不會出現，只是缺了天使，復活術到底能不能成形，這點縫隙能讓劉易士看見書架上有不少書，卻不能看見上頭到底有什麼書。

那人似乎有些不耐煩了，說：「劉易士，不用再虛張聲勢了，你在我的地盤上，你兒子又傷成這樣，讓你自己出手恐怕連徐喜開都打不贏，難道你還想讓重傷的兒子來打嗎？」

劉易士抿緊唇，若不是如此，他早開打了，怎可能放過差點害死他兒子的仇人！他們這邊人數多，姜子牙、林芝香，甚至是那隻「天使」，個個都擁有極罕見的能力，但真正能打的人卻只有一個路揚，他自己勉強只算半個能打，真希望老婆人在這裡！

劉易士有點懷疑，若不是路揚即使重傷也有剔可以威嚇，對方搞不好會留下他們全部，罕見能力又如此強悍的人可不是那麼好找的。

「只要你答應不再動我兒子，今天可以先到此為止。」

「我何必應下你的邀約？難道我應下了，你會放過我？」

劉易士當然不能放過對方，害死這麼多條人命，正派道上人都有義務出手除惡。

徐喜開輕聲提醒：「快天亮了。」

那人一笑，說：「這個界只能支撐到天亮，但你兒子和那把劍能撐的時間恐怕更短一點，一個做父親的，兒子有多逞強，你還搞不清楚嗎？」

劉易士一愣，回頭張望兒子。

「爸，多注意敵人！別一直分心回頭看！」

路揚的臉色是比平時蒼白些，但他先是車禍，剛又中槍，這點臉色看起來真算好的了，而剔卻沒什麼異樣。

這時，姜子牙伸手去撥了撥剔。

這一撥，竟把人與劍都撥倒了，一古腦兒全垮在姜子牙身上，嚇得他趕緊抱緊路揚，免得對方滑下去傷上加傷，剔則在觸及路揚的時候直接消失了。

見狀，劉易士回頭就是一道強烈的聖光發出去，不知那神祕人是什麼身分，沒把握弄倒他，乾脆全往徐喜開身上招呼，兒子受的苦，他現在討不回債，至少要收點利息！

徐喜開發出慘烈的低吼聲。

利息收了，識時務者為俊傑，劉易士不敢多停留，抓住姜子牙，確定他把兒子抱得好好的，再拉上林芝香，女孩又扯著天使，一行人開始跑路。

明明說是天亮，但從彩繪玻璃透進來的天色卻是濃重的黑，外頭偶爾傳來奇怪的嘯聲、尖叫和大得異常的風聲。

一行人都發覺不對勁，腳下的地板竟然開始變軟了，他們快接近門口時，兩側的牆壁突然伸出十來隻燒焦的手，林芝香哪有經過這陣仗，嚇得驚聲尖叫，差點腿軟摔倒，原本是她扯著天使跑，這下換天使攙扶著她走。

「以主之名，我命你們退下！」

聖光逼退那些手，劉易士對所有人吼道：「快出去！」

出了大門，姜子牙轉身一望，想確定殿後的劉易士有出來，卻看見尚未來得及關上的大門內，通道再次變回漩渦人臉模式，只是這一次，那些人從牆壁爬出來了……

劉易士人已在門外，然而他身後卻是無數想衝出大門的手……

姜子牙把路揚往林芝香懷中一塞，也不管女生根本撐不住路揚的重量，兩人直接跌成一團，幸好林芝香知道路揚傷重禁不起摔，直接將自己當墊子用，被壓得眼淚都飆出來了。

姜子牙壓住一扇門的同時還不忘大喊：「天使快來幫忙關門！」

天使連忙學著姜子牙的動作去壓另一扇門板，但十來隻手和臉已經穿出兩扇大門中間的縫隙，門根本關不上。

這時，劉易士直接將聖經往門中間穿出的臉和手拍下去，那些手臉瞬間成灰，在後面卻有更多手臉衝過來，幸好還來不及伸出門縫，姜子牙和天使已經奮力將門關上。

這卻還不是完結，大門被重重一拍，開了一條小縫，姜子牙正好從那條縫看見一張燒焦的側臉貼在門的內側，一雙眼睛竟張開了，正和他四目相對，黑白分明的一雙眼，若是在正常人臉上，肯定是雙明眸大眼，但這雙眼出現在整臉焦黑的焦屍上，顯得異常詭異。

「砰」的一聲，有人撞上大門把那條小縫硬是關上，隨後是更多人加入關門的行列。

姜子牙回過神來，發現第一個撞上來的人是胡立燦，然後是其他警察。

劉易士更是用聖經強壓大門，但門內還是不斷砰砰作響，聲響之大，令人不禁擔憂這門板隨時都會在內外兩側的對峙中化成碎屑。

終於，清晨第一道曙光照上大門，那些震天響的拍門聲突然消失無蹤，努力壓門的眾人一開始還沒反應過來，隨後發現沒有動靜後，還是不敢離開門板，一直到劉易士說了一聲「沒事了」，眾人才敢停止壓門的動作。

眾人氣喘吁吁互相對望。

「你、你們沒事吧？」

胡立燦看傻了眼，簡直不敢相信自己剛才看見的景象，那些焦掉的玩意兒差點就衝出來了啊！真的衝出來會怎樣啊？他不敢想，還是不要問好了，感覺就很恐怖！

劉易士著急地說：「幫忙叫救護車，我兒子中槍了。」

「什麼？」

胡立燦左右看看，這才在林芝香懷中看見路揚，他穿著外套，但褲子卻是白色的病人服裝，然而現在已不是白的了，那血染了一褲子！

他連忙打電話叫救護車。

劉易士過去察看兒子的傷勢，見路揚的呼吸還算有力，這才放了點心，卻又頓時懊惱起來，他竟以為有天使的治癒能力，兒子應該沒有大礙，卻忘記那隻天使的能力是剛剛才因為兩本聖書相撞而激發出來的，能強到哪裡去？

「這到底是怎麼了我說……」

這時，胡立燦的腦子已成糨糊，竟只能想到「慘了這次的報告連胡編都編不出來」。

姜子牙回頭看著圖書館，果然沒記錯，圖書館是自動玻璃門，根本就不是人力開闔的沉重木門，從外頭看進去是一整排需要刷學生證才能進去的自動刷卡機。

眾人看著那玻璃門和一整排刷卡機，沉默無語。

劉易士拍拍表情快崩潰的胡立燦，說：「我會請清微宮去幫忙打個招呼，今晚那名催眠師太厲害了，我招架不住，讓你們陷入集體歇斯底里，產生大量幻覺。」

眾人無語地看著他，這話唬誰呢？壓門的手還瘆著呢！

劉易士也不是很在乎，現在這些人還記得清楚，回去好好睡一覺就會忘記大半，加上他的解釋，很快就會變成一次有點毛毛的靈異體驗。

黎明的光線照在玻璃門上，姜子牙在眩光之中隱約看見玻璃門映出來的景象。密密麻麻的焦屍不停從四方牆壁爬出來，層層疊疊成一團扭曲焦黑的巨大屍團。

一隻手突然重重拍上玻璃門，卻只有一半是焦黑的，另一半還看得見膚色，兩色交接處是燒得捲曲的皮膚。

半焦的臉貼在玻璃門上，朝他微微一笑，那人的鼻梁上架著歪了一半的金色圓框小眼睛。

姜子牙瞪大眼，看見那兩片焦黑的嘴唇蠕動說話。

社團活動好玩嗎？

路揚躺在醫院，左手骨折，胸口肋骨斷兩根，大腿和肚子各開了一個洞，幸虧沒打中要害，還不知為何出血量並不高，傷口更已經開始癒合，看得醫生嘖嘖稱奇，歸功於病人平時健身有成，身體狀況一級棒！

身體狀況一級棒是真的，健身的話，反正姜子牙是沒看過路揚有健身這回事——等等，天天斬妖除魔搞不好比健身累多了？

病房門口被敲了敲，姜子牙塞一片蘋果到路揚嘴裡，同時喊：「進來。」

御書臭著臉走進來，兩袋子分別朝病床和床邊丟，砸得病人和照顧病人的人都嗷嗷叫，那可是兩顆小玉西瓜啊！

但被砸的人都不敢說話，還好聲好氣地感謝探病，下次可以不用來沒關係。

御書冷哼：「我比較想要『下次可以不用幫沒關係』，怎麼樣？」

兩人又改口歡迎探病歡迎砸西瓜！

路揚再三保證：「妳放心，清微宮欠的人情債一定不會賴帳。」

御書怒吼：「你們欠我的人情債都堆到天花板啦，我能拿來幹嘛？買西瓜嗎？」

「如果妳願意把人情債換成西瓜，我是很樂意啦……」

「換你個大頭鬼！你知道我家管庭說他覺得驅魔很有趣，他想要學驅魔，你說我要怎麼辦啊？」

「……我讓我爸教教他。」

路揚想了想，雖然一隻妖學驅魔是件很微妙的事情——要知道，東方的妖和西方的魔，其實本質是差不多的東西，妖學驅魔就是學怎麼驅自己……

但是，管庭在這次事情中還真是頗有用的，讓他學驅魔好像不是件壞事！

御書冷冷地說：「你確定你爸不會在教的時候順便把我家管庭給『驅魔』了？」

「不會。」路揚掛保證說：「管家救了我，我爸不會恩將仇報的。」

應該吧？雖然覺得有點危險，但路揚想想頂多就是教學時間，自己在場監督好了，能藉著這點小事還掉一點人情債是好事。

御書搶過姜子牙削好的蘋果，邊咬食物邊說話：「管家說那隻『徐喜開』應該和他是差不多的東西，只是美化前和美化後的差別。」

「……美化什麼鬼？」

「吸血鬼，管家是近期少女幻想中的英俊型吸血鬼。」

兩人沉默，少女指的是誰啊？

「徐喜開比較接近真正鄉野傳說中的吸血鬼或者是活屍那樣的東西。」

聞言，常常研究這類資料的路揚立刻表示理解，傳說確實是會隨著年代不同而改變。

「所以呢！你們的神祕人物應該有一定的年歲了，因為他對於吸血鬼的印象並不是從近代電影開始，要知道，最早那幾部引領英俊吸血鬼風潮的電影都有個二十五年左右了，對方既然在二十五年前就不會受到電影影響，起碼要有個五十歲以上了。」

「厲害！」姜子牙讚嘆。

「你們又欠我一份人情。」御書啃蘋果說：「就用來抵這次管庭學驅魔的費用吧，我回家繼續宅了，拜託你們兩個少受傷一點，一天到晚要出門探病有點煩。」

兩人翻了個大白眼，說話還能更不吉利一點嗎？

「掰啦！」

御書拎著一袋蘋果閃人。

姜子牙看看小玉西瓜，突然發現難題，他的水果刀這麼小，怎麼切西瓜？蘋果又被拎走了。他苦惱地抓了抓腦袋，問：「路揚，你的劍能切西瓜嗎？」

「……就算能，你想吃一把斬妖除魔砍喪屍的劍切出來的西瓜？」

「呃，那就算了。」姜子牙想想上次的燒焦喪屍，表示吃不下去，還是帶回家切一切再拿來好了。

還來不及回家切西瓜，第二波探病的人又來敲門。

林芝香探頭進來，小聲說：「你們好，我帶了點粥來……」

路揚和姜子牙表示歡迎，門一打開，不只是林芝香，還跟來一隻天使。

兩人邊吃粥邊聽林芝香的苦惱。

「我想給天使取個名字，就這樣叫他『天使』很奇怪，他說他想姓簡，其他沒有要求了，但是……」林芝香苦著臉說：「他說他不是男也不是女，天使沒有性別。」

姜子牙想了想說：「那叫簡摯吧？真摯的摯，應該算男女都通用吧？」

天使一聽就眼淚汪汪的，立刻點頭表示自己喜歡這個名字。

「他想回去跟著簡志的外婆過生活，不知道行不行？」

聞言，路揚感覺有點為難。「外婆多大年紀了，有沒有其他家人？」

「快七十了，眼睛不好，看遠看近都模糊，簡志的爸媽離異，爸爸基本上沒往來，媽媽過世了，平時家裡就外婆和幾條小狗。」

聽完，路揚點頭說：「這種背景應該還可以。」

「我可以當外婆的簡志嗎？」簡摯的雙眼發亮。

姜子牙表示這是睜眼說瞎話呢！就你這張臉，想當台灣人都難，當當國際巨星還差不多。

有過養妖經驗的姜子牙說：「首先你得調整一下長相，首先變成黑髮——」

「黑什麼！」林芝香立刻反對，「他的長相根本就不適合黑髮！」

「長相可以調整……」

「整個改掉了，那簡摯還是簡摯嗎！」

他家小雪整個改掉了還不一樣是小雪？

林芝香立刻轉頭跟簡摯說：「別讓男生亂弄你的頭髮，首先頭髮改用栗棕色，臉別這麼窄，稍微寬一點點，五官不能這麼深，這樣太像外國人了……喔對了，你是要當男生還是女生？」

姜子牙表示無言，都調了半小時的臉，結果最重要的性別卻沒有決定。

路揚覺得長相不重要，合理的身分才是重點。他提議道：「不如讓我爸收養你們兩個『人』吧？我爸辦國外身分很容易，而且反正我們家族很缺人。」

「不行，我是天煞孤……」

林芝香的話還沒說完就收到兩對大白眼，她訕訕然把話收回來，經過這次事件，路揚跟她徹底說開這個天煞孤星到底是怎麼來的，她半信半疑，先是疑惑為什麼這說法和之前不同。

「經過這麼大件事，妳還是不相信我說妳不是天煞孤星的話，更何況是之前的狀況，那時只能慢慢來，讓妳藉著修行化解對自己的詛咒。」

林芝香咬著下唇，搖頭說：「不行，我不能改姓，也不想和我哥哥脫離親屬關係，既然我不是天煞孤星，那我是不是可以回去找我哥，不會因此害死他？」

「呃，妳如果不相信會沒事的話，可能還是會出事喔……」

「那到底要怎麼樣才會沒事？」林芝香雙眼含淚，「我好想見他，也好想看看哥哥的孩子，可是我不敢！」

簡摯笨拙地拍拍林芝香的背，以前簡志若是難過，簡摯都是這樣安慰他，雖然簡志看不見天使，但拍拍背後，他總會振作起來。

「我們跟妳去見妳哥就好了啊。」

姜子牙看了路揚一眼，理所當然地說：「路揚的劍名為剔，自古以來斬妖數百萬，煞氣之重，天下獨一無二，妳那點煞氣在剔的鎮壓之下，根本和沒有一樣，有剔在場，妳跟妳哥見個面根本就不會有事！」

「真的嗎？」林芝香喜出望外，開心到差點要跳起來了，「那、那可以請你們跟我去和哥哥一家吃個飯嗎？我、我請客！想吃什麼都可以，拜託！」

路揚笑笑說：「好啊，事前約個時間就行。」

林芝香立刻去聯絡哥哥和嫂子，開心得連聲音都聽得出雀躍的心情，還轉頭問簡摯要不要一起去。

「你從哪學來這樣唬人的話？」

林芝香開心地說明天再煮魚湯來給他們喝就離開後，路揚感覺有點憂傷，他講了老半天的真話，結果林芝香還是把自己當成天煞孤星，倒是姜子牙的隨口胡說，她馬上就信了！

什麼自古以來斬妖百萬，剔在他十歲左右才出現的好嗎？就算他一天斬一百隻妖，斬到現在都不會有一百萬！

「跟管庭學的，那個神棍庭前幾天趁御書趕稿的時候，偷偷跑去教會開導信眾，當場還被請上台演講，募了一堆善款回家說要用來買最新最好的手，結果被氣炸的御書拆四肢洗刷刷掛在門口晾乾，我回家的時候差點沒嚇死，那幾天回家的時候都站在門口聽四肢分開的管庭說他瞞著御書做過什麼事。」

「……」

路揚抽搐著嘴角，一古腦兒躺下來。

呵呵，別人家的日子是雞飛狗跳，他們卻是虛飛幻跳啊！

「阿士你過來。」

大半夜，阿路師卻還坐在宮門口，一只茶杯放在桌上，茶壺卻空蕩蕩的根本沒有泡茶，再仔細一看，這茶杯的杯緣竟有一條裂縫直達底部。

「你過來，對我講清楚為什麼要那麼做。」

果然還是沒能瞞過岳父。劉易士苦笑。

他輕聲說：「那個人讓我看見一些東西時，我突然想明白關於路揚和剔真正的關係，在我的書照耀之下，我不認為那是幻覺，小揚未來會有危險，非常大的危險！」

劉易士不敢明確說出口，就怕一說出口便成事實，想到那堆被砍了無數刀的屍塊，他的心到現在還會一抽一抽地痛。

阿路師也沒追問什麼東西，只是沉著臉罵：「所以你就存了私心，故意在最後不盡全力阻止？你真相信復活術？好好活著卡重要啦！想啥米復活！」

劉易士沉默，其實他也不明白自己到底相不相信復活，但當那人暗示未來他或許用得上這本書時，他卻忍不住留下這點妄念。

「我和路樂可以付出一切確保小揚的平安，但是……」

但若真的確保不了，至少還有一點希望，否則劉易士不敢保證自己會不會像那人弄出這麼大事件，就為了一本不知可不可行的復活術。

阿路師皺著眉說：「麥煩惱太多，老君緊喜歡路揚，祂會看顧他。」

聞言，劉易士都有種想去點香拜拜的衝動。

主啊，請原諒他……

阿路師一笑，「攏是神，要拜欸、不用拜欸，哪有分那麼多。」

劉易士心中一動。這話難道是說……

「緊去睏啦，睏無飽就黑白想！」

「是……」

看著女婿回房去睡覺，阿路師起身走到大殿的太上老君跟前。

拿起溫潤卻有些褪色的紅筊，他卻遲遲沒有擲筊，只是拿著筊思考許久，抬頭看著太上老君像，最終放下了。

——《以神之名·下》完

後記

其實查資料的時候一直感覺很有意思，沒有信教的一般人，包括我在內，很多宗教方面的觀念都是從電影、漫畫和小說等等來的，其實若認真查查，就可以發現裡面十有九點九都是錯誤的，對，就是錯這麼大不要懷疑。

然而明明就是被電影誤導的觀念，卻好似比真的還真，到百年後，會不會就這麼變成真實而寫進正統宗教書呢？

感覺也是很有可能的事情！

真真假假，從幻成虛到真，一切就基於相信或者不相信，人的信念可以造就將不可能變為可能，這樣的想法促成了幻虛真這個系列。

雖然，我一開始想寫的只是個鬼故事啊，然而真的去架骨添肉完善整個故事時，不知不覺，又從靈異故事變成御我自己的亂想小說系了。

這就是一個常常想太多的作家會出現的問題，總想著把很多事情做個解釋，結果鬼故事都不鬼故事了……

希望大家會喜歡這本好像不是鬼故事又偶爾會有點恐怖的幻虛真系列故事。

BY御我

高寶書版集團
gobooks.com.tw

輕世代 FX01006
以神之名(下卷) 幻．虛．真2

作　　者　御 我
繪　　者　九月紫
編　　輯　謝夢慈
校　　對　任芸慧
美術編輯　林鈞儀
排　　版　彭立瑋
企　　劃　方慧娟

發 行 人　朱凱蕾
出　　版　英屬維京群島商高寶國際有限公司臺灣分公司
　　　　　Global Group Holdings, Ltd.
地　　址　臺北市內湖區洲子街88號3樓
網　　址　gobooks.com.tw
電　　話　(02) 27992788
電　　郵　readers@gobooks.com.tw（讀者服務部）
　　　　　pr@gobooks.com.tw（公關諮詢部）
傳　　真　出版部　(02) 27990909　行銷部 (02) 27993088
郵政劃撥　19394552
戶　　名　英屬維京群島商高寶國際有限公司臺灣分公司
發　　行　希代多媒體書版股份有限公司/Printed in Taiwan
初版日期　2018年2月

國家圖書館出版品預行編目(CIP)資料

以神之名. 下卷：幻.虛.真. 2 / 御我著.-- 初版.
-- 臺北市：高寶國際, 2018.02-
冊；　公分. --

ISBN 978-986-361-386-2(下冊：平裝)

857.7　　106001158

三日月書版

三日月書版

GOBOOKS
& SITAK
GROUP©